从过去到现在的三种色调：

印度至亚洲及世界各地

Translated to Chinese from the English version of
The three shades from the past to the present

Mitrajit Biswas

Ukiyoto Publishing

All global publishing rights are held by

Ukiyoto Publishing

Published in 2024

Content Copyright © Mitrajit Biswas
ISBN 9789360163396

All rights reserved.

No part of this publication may be reproduced, transmitted, or stored in a retrieval system, in any form by any means, electronic, mechanical, photocopying, recording or otherwise, without the prior permission of the publisher.

The moral rights of the author have been asserted.

This is a work of fiction. Names, characters, businesses, places, events, locales, and incidents are either the products of the author's imagination or used in a fictitious manner. Any resemblance to actual persons, living or dead, or actual events is purely coincidental.

This book is sold subject to the condition that it shall not by way of trade or otherwise, be lent, resold, hired out or otherwise circulated, without the publisher's prior consent, in any form of binding or cover other than that in which it is published.

www.ukiyoto.com

内容

第一单元：印度   1

印度外交政策宏伟愿景简介   2
印度75年来的外交政策战略是建立一个以印度为中心的世界   5
全球愿望的权力与政治动态：是否与其印度的可持续品牌相匹配？   13
印度作为一个国家品牌，在发展叙事与21世纪全球问题的公民挑战之间取得平衡   57

第二单元：亚洲   85

亚洲及其经济一体化全球化不断发展的各个方面   86
移民与边界政治：中亚国家哈萨克斯坦的故事   109

第三单元：21世纪的世界动态   116

美国为何以及如何失败？   117
分析政治传播及其群众接受民族主义的媒介   124
已知的未知：21世纪地缘政治中没有亚洲的世界   137
"语言是民族主义的建构"   144

第一单元：印度

从过去到现在的三种色调

印度外交政策宏伟愿景简介

印度 21 ^{世纪} 的外交政策主要围绕一个由来已久的问题，即巴基斯坦。另一种是良性肿瘤，已经癌变，导致疼痛和内出血。这归根结底是印度外交政策在一段时间内采取的措施不仅限于巴基斯坦，而且还向中国迈进。一段时间以来，中国对印度的概念一直在增长。中国一直是印度的地缘政治竞争对手，但印度的外交政策在独立后的头十年反应迟缓。然而，我们不要过多关注印度外交政策的历史性，但就当前情况而言，这就是我们可能要向前迈进的地方。中国无疑一直主导着印度的外交政策，而中国人掐住我们喉咙的方式还有很多不足之处。除了洞朗事件以来近年来不断爆发的边境冲突之外，印度外交政策处理事情的方式也发生了变化。洞朗是最近发生的冲突中的第一场，这场冲突确实变得丑陋而棘手。印度外交政策采取了一系列措施，这些措施一直在进行，而且其影响力和影响力还在不断增加。现在让我们继续前进。

外交政策的理念就是一个人在面临迫在眉睫的危机时的实际行为方式。在这里，如果我们看看世界范围内的危机的想法是如何从两个想要重返权力之旅的权力中心产生的。一段时期以来，印度的外交政策已经进入了同时处理这两个权力中心的阶段。印度必须谨慎行事，因为印度外交政策的兴盛不应该让我们的思想误入歧途。这正是任何国家所宣扬的任何外交政策的宏伟愿景的理念。这就是印度试图在没有中国或俄罗斯方式的独裁精神的情况下尽可能吸引人的地方。此外，它还没有完全切断与俄罗斯之间的长期脐带。这位久经考验的朋友还没有被放走。俄罗斯对我们仍然很重要，印度的外交政策确保它不会放过。印度外交政策的理念是描绘一个中国是真正威胁并帮助其他流氓国家的世界。印度一直在尝试与美国、澳大利亚和日本等国家建立联盟，以符合印度被视为全球民主标志并被接受的宏伟愿景。

在竞争性合作领域，巴基斯坦与印度也存在着眼中钉。印度最近做了很多事情来转移巴基斯坦的注意力，查巴哈尔港连接着伊朗和阿富汗，向南亚和中亚开放。尽管如此，这些都是印度向贸易、经济合作和一体化开放的重要举措，同时也实现了印度在国际事务中重新获得负责任和受人尊敬的大国角色的愿景。印度国际事务的主导话语一直以中国为中心，一些国际学者或可能很多人将印度和中国的出现称为冷战2.0。我对这种比较持极大保留态度，原因不仅有一个，而且有很多。首先，我觉得这不是这两个民族的出现，而是从古老而重要的文明的凤凰中重新出现。最重要的是，印度和中国不能也不应该比较。印度创造了自己的民主形式，它以自己的方式形成一个独特的国家（不是典型的民族国家），加入了诸侯王国，除了对所谓的穆斯林统治地区的残酷划分，导致巴基斯坦和后来的孟加拉国。另一方面，中国制定了自己的一党国家统治形式，并保有幅员辽阔的国家（面积约为印度的3.5倍）。最重要的是，印度和中国希望在国际事务中扮演的角色在理念上截然不同。中国比印度早十年开放全球贸易投资，也更积极地接受工业制造。另一方面，印度则将全球贸易作为拯救陷入困境的经济的最后手段。印度除了五年计划之外，错过了工业革命，直接转向服务业经济。印度和中国虽然一直在向非洲寻求资源，但它们对非洲的参与却截然不同。中国更注重基础设施建设，而印度则一直在寻求更多的技术合作。不久前举行的第四次印非峰会，非洲国家踊跃参加。这可能被视为印度在经历了这两个地理区域共同的殖民时代后，以新方式与非洲接触的一步。尽管印度在某些出于种族动机的犯罪中暴力对待非洲学生的不幸情况令人不齿，但印度的参与在非洲大多受到欢迎。正如前面提到的，中国一直在投资火车系统、发电，但印度意识到其更"有价值的软实力"方法一直专注于技术合作。此外，从 Airtel 电信到信实工业等印度私营企业一直在非洲投资农业，从而开展企业外交。印度绝对可以夸耀强大的外交外展，尽管如果要满足新的期望，其外交人员需要大幅扩张。

印度75年来的外交政策战略是建立一个以印度为中心的世界

印度在本世纪的世界事务中面临着巨大的挑战，也需要发挥巨大的作用。印度已经完成了75年的外交政策，但仍在摆脱殖民主义的后遗症，包括职业外交官服务考试。然而，印度的责任是发挥主导作用，与第三世界势力一起前进（从地缘政治和经济政策角度解读第三世界）。印度面临的挑战都是改善国家的社会经济状况。必须记住，尽管印度渴望在国际事务中发挥更大作用。一个人不可能同时成为"超级穷人"和"超级大国"。印度保留了前面提到的英国殖民时代的做法和制度。然而，当今世界要求印度尽快摆脱束缚，更加清晰地明确其希望如何解决自身和世界各地的问题。印度除了经济足迹的扩张、新兴的消费市场以及在国际事务中发挥应有作用的更大启发之外，仍然存在封建主义、父权制和基本生存的问题。印度在饱受战争蹂躏的阿富汗发挥了重要作用，不仅提供外交资源，还提供现金和基础设施支持。它符合印度的福利和丰富周边地区的愿景，从长远来看，这对印度很重要。这同样适用于印度仍在学习的与其邻国接触的政策，但其中存在某些缺陷。印度必须在不断变化的形势下非常谨慎行事。印度最近一直在与孟加拉国和斯里兰卡合作开发基础设施。政治参与对于南亚一体化以实现繁荣邻里的经济关系也很重要。南亚在经济上一直微不足道，除撒哈拉以南非洲外，与中美洲和加勒比地区一样遭受贫困。印度自认为是第三世界进步的典范，其想法是首先将南亚国家联合起来，并在非洲和拉丁美洲推行贸易一体化政策。然而，说起来容易做起来难。

在竞争性合作领域，巴基斯坦与印度也存在着眼中钉。印度最近做了很多事情来转移巴基斯坦的注意力，查巴哈尔港连接着伊朗和阿富汗，向南亚和中亚开放。尽管如此，这些都是印度向贸易、经济合作和一体化开放的重要举措，同时也实现了印度在国际事务中重新获得负责任和受人尊敬的大国角色的愿景。印度国际事务的主导话语一直以中国为中心，一些国际学者或可能很多人将印度和中国的出现称为冷战 2.0。我对这种比较持极大保留态度，原因不仅有一个，而且有很多。首先，我觉得这不是这两个民族的出现，而是从古老而重要的文明的凤凰中重新出现。最重要的是，印度和中国不能也不应该比较。印度创造了自己的民主形式，它以自己的方式形成一个独特的国家（不是典型的民族国家），加入了诸侯王国，除了对所谓的穆斯林统治地区的残酷划分，导致巴基斯坦和后来的孟加拉国。另一方面，中国制定了自己的一党国家统治形式，并保有幅员辽阔的国家（面积约为印度的3.5倍）。最重要的是，印度和中国希望在国际事务中扮演的角色在理念上截然不同。中国比印度早十年开放全球贸易投资，也更积极地接受工业制造。另一方面，印度则将全球贸易作为拯救陷入困境的经济的最后手段。印度除了五年计划之外，错过了工业革命，直接转向服务业经济。印度和中国虽然一直在向非洲寻求资源，但它们对非洲的参与却截然不同。中国更注重基础设施建设，而印度则一直在寻求更多的技术合作。不久前举行的第四次印非峰会，非洲国家踊跃参加。这可能被视为印度在经历了这两个地理区域共同的殖民时代后，以新方式与非洲接触的一步。尽管印度在某些出于种族动机的犯罪中暴力对待非洲学生的不幸情况令人不齿，但印度的参与在非洲大多受到欢迎。正如前面提到的，中国一直在投资火车系统、发电，但印度意识到其更"有价值的软实力"方法一直专注于技术合作。此外，从 Airtel 电信到信实工业等印度私营企业一直在非洲投资农业，从而开展企业外交。印度绝对可以夸耀其强大的外交外展，尽管如果要满足其新的期望，其外交人员需要大幅扩张。

尽管印度坚持尊重主权和不干涉的政策，但它在国际冲突中也将迈出重要一步。尽管如此，印度在伊拉克-叙利亚危机中仍未能扮演一个负责任大国的角色。尽管它保持了官方沟通，但在对外援助和人道主义救援方面缺乏重大举措。最近要补充的一个问题是缅甸持续不断的罗兴亚难民危机，印度政府突然采取了非官方政策，拒绝接受罗兴亚人并驱逐已经在这里的罗兴亚人。印度虽然自身存在严重的贫困、失业问题，尽管不是难民公约的正式签署国，但仍接受了来自西藏、阿富汗、斯里兰卡等地的难民。这一突然的政策对于印度来说并不是一个好兆头，因为印度似乎被许多亚太国家视为负责任和可靠的伙伴。印度虽然在与不丹和中国接壤的洞朗拉地区扮演了相当大的角色，对中国对印度友好的小国不丹进行了不当干涉。印度一直在寻求与世界接触，其各种学说不同于尼赫鲁社会主义外交政策。主要的学说是"向东看东南亚国家"、向西看"西亚"以及新形成的"连通中亚"。尽管有这些理论，印度与美国、俄罗斯、法国、德国、欧盟、日本等重要大国以及欧盟、金砖国家、IBSA、RIC、G-20、MTCR 等多边论坛的关系也很重要。印度一直在寻求开发中亚地区，印度通过德里苏丹国和莫卧儿王国与该地区有着历史联系，这些人最初是来自乌兹别克斯坦（布哈拉和撒马尔罕）的突厥裔人。长期以来，与这些地区的贸易也蓬勃发展。然而，在苏联这些国家成立以及印度加入上海合作组织之后，人们开始关注与这些地区的重要关系，该组织将印度与中亚联系起来，特别是巴基斯坦也是该组织的成员。

印度一直在制定许多战略关系，特别是在国防和贸易参与方面。印度与法国的首次战略接触当然已经发展成为一种有意义的关系。可以说，培育与英国的关系同样重要，德国也是印度在清洁能源、科学、教育以及基础设施、企业和国防合作等领域非常重要的合作伙伴。欧洲其他重要国家包括意大利,印度与意大利有着友好关系,但意大利海军在喀拉拉邦杀害两名渔民的事件导致两国关系解冻。然而,意大利总理最近的访问以及明年两国建交 75 周年的到来是向前迈出的重要一步。此外,除了比利时王室的访问之外,印度领导人最近对西班牙、葡萄牙的访问无疑是印欧接触的重要一步。此外,瑞典大力参与"印度制造"计划,爱沙尼亚通过数字住宅计划欢迎印度年轻企业家,这些都让人很好地了解了印度在欧洲不断增长的足迹。不要忘记印度与其他欧洲新兴大国的积极接触,例如副总统最近访问了波兰,两国都期待建立积极的关系。除了印度餐馆的印度美食之外,印地语电影、瑜伽和香料的软实力方面已被无数记录在印度与欧洲交往的重要工具中。印度与欧洲关系的最新进展是重新谈判自由贸易协定,这将打破十多年来"战略伙伴关系"的僵局。印度与欧盟在教育、文化、科学等领域开展了重要合作,但却错过了俄罗斯、中国和美国在印度洋地区和欧亚大陆发挥作用的安全合作大巴。

自冷战以来,印度在与俄罗斯的接触方面有着深厚的重要关系。尼赫鲁的社会主义倾向所提出的与苏联的接触以及除经济和深厚的防务关系之外的文化交流塑造了新成立的印度的命运。在庞大的社会主义单位崩溃后脱离苏联的俄罗斯也作为新的战略伙伴与印度互动,不仅在双边层面,而且在金砖国家和 RIC(俄罗斯、印度和中国)的领导下。印度在国防方面的参与较晚,但已不再依赖俄罗斯，转而依赖其新发现的朋友（尽管尚未经受考验），印度与美国的关系密切，并密切关注以色列。印度和美国领导层的更迭并没有阻碍印度和美国之间持续的友情。特朗普摇摆不定的政策虽然是印度必须警惕的事情，但国防部长最近对印度的访问似乎让印度放心，因为印度是美国转向亚洲计划的关键参与者，该计划还连接了日本和澳大利亚以完成这一计划。然而，现在印度与美国的亲密盟友以色列的关系向前迈出了重要一步，印度总理纳伦德拉·莫迪首次访问以色列，这是印度国家元首的首次正式访问，这使得印度与美国的关系向前迈出了重要一步。到一个新的水平。然而，在"现实政治"下，印度一直在谨慎、明智地玩外交游戏，与海湾合作委员会国家保持和建立战略伙伴关系，其中最重要的是与阿联酋、阿曼、沙特阿拉伯和卡塔尔。印度也避开了卡塔尔和沙特阿拉伯之间的冲突，也避开了后者与伊朗和也门的冲突，尽管如前所述，印度是也门的稳定援助者并在伊朗进行投资。

印度总理访澳、回访、新西兰前总理访印、主办小岛屿发展中国家会议、推动基础设施建设资金等，都表明印度参与亚太的意愿不断增强。然而，亚太地区的大国日本在经济投资和基础设施发展方面加强了与印度在文化上密切而重要的关系。印度还利用"向东看"政策与东盟国家建立联系，并通过组织东盟国家青年音乐节和邀请东盟国家元首明年参加共和国日庆祝活动等方式推进这一政策。有史以来出席人数最多的国家元首。然而，印度需要在其亚太博弈中与朝鲜半岛（尤其是韩国）接触。越南已经在向印度示好，希望印度在南海冲突中发挥更重要的作用。印度总理即将对菲律宾进行的访问也将是印度与东盟及亚太地区接触的重要一步。

现在，在转向美国的同时，值得一提的是，印度与土耳其的关系一直错失良机。尽管土耳其总统埃尔多安最近的访问似乎在这两个伟大国家之间普遍冷淡的关系中点燃了一些火焰。印度在过去十年中与英国有着类似的关系，尽管有殖民者和被殖民者的历史，但这种关系中似乎存在任何重要的松懈。尽管2017年被庆祝为印度-英国年，MG汽车最近希望根据"印度制造"计划在印度投资。在走向美国的同时，另一个拥有大量印度社区的国家是加拿大，印度与加拿大保持着基于贸易、服务交流以及更多软合作方面的关系。印度与美洲关系中最重要的缺失部分主要是与拉丁美洲的关系，包括墨西哥、古巴、巴西等重要国家。尽管印度总理2015年对墨西哥的访问以及印度最近反对美国对古巴强加关税的立场，以及在金砖国家和南非的IBSA下与巴西的积极接触，都提供了有用的信息。印度还一直在尝试与拉丁美洲其他重要国家进行接触，其中包括阿根廷、智利、秘鲁等。印度与阿根廷在经济合作方面进行了有意义的接触，但与加勒比岛屿以及智利、秘鲁、玻利维亚、委内瑞拉等国家的差距仍然存在。印度不断加强与南方共同市场和太平洋联盟的接触，试图弥补世界两个地区的距离。然而，印度通过在印度文化委员会的领导下定期从印度派遣文化部队，在文化上保持了强烈的钦佩。尽管如此，这种关系仍缺乏锻造质量，无法形成有意义的关系，为不断变化的世界提供动力。

在不断变化的世界中，印度还需要更多地开展外交活动，特别是公共外交。印度没有参与打击"伊斯兰国"的冲突，也没有就索马里最近发生的暴力袭击事件发表任何言论。印度与中国面临的挑战仍然是建立基于合作与竞争的"合作关系"。印度还有很长的路要走，从预测来看，印度充其量只能被视为一个重要大国和中等强国。印度未来的道路将充满挑战，克服内部问题、斗争和断层线，其中最重要的是克什米尔。不要忘记，印度面临着巨大的挑战，要改善数百万生活在裙带关系、腐败和文盲等古老问题中的绝望人民的社会经济状况。毫无疑问，通过媒体报道和民众对印度的讨论，印度内部和外部的大多数人都在审视印度的新活力。尽管如此，印度还有很长的路要走，需要制定自己的外交政策，并着眼于印度在创造繁荣方面发挥越来越大的作用，不仅为自己创造繁荣，也为在这个不断变化的 $21^{世纪}$ 世界中仰望印度的国家创造繁荣。让印度在全球事务中发挥作用的愿望高涨。

全球愿望的权力与政治动态：是否与其印度的可持续品牌相匹配？

这个想法是为了了解印度作为一个国家正在如何发展。民族观念是很难理解的，印度作为一个国家的观念是如何形成的。正是这个想法值得研究和理解，印度作为一个民族国家是如何崛起的。它吸收了各个学者的想法以及他们对印度国家多年来如何形成的看法。本文深入探讨了对仍在培育中的印度观念的更深入理解。

介绍：

印度理念的驱动力： 印度的权力和政治理念贯穿于人民、贫困、污染、人口和传教的理念。随着时间的流逝，印度从殖民政权中独立出来，成为一个现代民族国家，这一想法无疑为印度这样的古老文明的篇章翻开了新的一页。印度作为一个国家，据说是一个非常新的民族国家，遭受着新成立国家（我们通常称为第三世界主义）的典型问题。然而，第三世界的想法在方法上是如此还原论，并且讨论得如此陈词滥调，以至于本文个人不想陷入同样的陷阱。这篇文章旨在了解印度有自己的精神时的定义。一个建立在独特宪法原则基础上的国家，然而却是一个具有不同复杂性的国家（*Fernandes，2004*）。除此之外，文盲率、破碎的教育体系以及政客对公民的责任都是我们国家的紧迫问题。然而，我们并不是不知道问题所在。责任在于找到解决方案，印度社会是否准备好承担起这样做的责任。在世界上人口最多的民主国家实行民主的想法无疑引起了很多问题，但尽管如此，民主制度仍然存在。然而，生活质量的参数又如何呢？十亿多人对没有腐败的社会的期望，以及不一定符合西方标准的真正民主社会的新理念可能才是真正的问题。独立70年后的印度人民。这位起草了印度民主支柱的印度宪法之父对印度所需要的东西有着先见之明。与首先将公平引入社会以实现真正独立的等式相关，引入了保留的想法。同样的情况已经融入了选票银行政治的想法中，尽管从非常学术的角度来看，人口统计数据和保留利益的范围尚未得到充分理解或回答。分治的痛苦、多元化的理念以及真正触动所有人的印度独立问题是印度权力和政治理念的驱动力。与关键词一起添加的是印度人民的动态。一个需要通过民主来消除的深不可测的贫困问题，可悲的是，这也与腐败交织在一起。只有当国家的动力真正与人民的期望产生共鸣时，印度道德的宣扬才会引起共鸣。不再是关于坑坑洼洼、污染以及腐败的公共机构的老故事了。这再次将问责的动态纳入考虑范围。印度必须使民主成为其力量而不是其障碍，只有基于对我国动态性质不断变化的期望的理念，才能实现与教育、卫生、法律和社会关怀相关的政策。

通过经济政治来塑造巴拉特或印度的品牌： 印度的理念是在周围许多不知名、不被赏识和无名英雄的肩膀上发挥作用的。当谈到对印度力量投射的理解时，让我们首先从贸易开始。理解贸易的概念及其对一个国家的政治经济的意义是最重要的。印度目前已跻身 GDP 排名前 7 名的国家之列，从第 5 名滑落至第 7 名，目标是到 2025 年进入前 3 名。然而，最重要的问题是印度需要在哪些方面展示其经济实力来打造品牌以及如何做到这一点。关于印度在国际论坛上游说的问题，这已不再是秘密，而是一个非常确定的事实，莫迪总理曾在国际论坛上大力宣传印度做出投资决定。印度已成为世界上经济增长最快的国家，但印度贸易对经济的实际推动作用才是最重要的。印度的人口红利可能是一个严重的问题，除非它转化为适当的劳动力（*Khodabakhshi，2011*）。印度的政治局势现在正试图集中在印度颁布与加强政治经济有关的新法律上。其中包括新出台的破产法和劳动法改革，这些改革将试图打破印度长期存在的经济缺陷的束缚。对于印度经济来说，具有远见非常重要，这需要培养该国年轻劳动力的技能。不幸的是，印度建立在商业化的教育基础上，并利用教育作为摆脱贫困的途径。印度拥有大量工程师和科学家，但其质量和研究工作却是达到全球标准所必需的。这给我们带来了一个问题，除了本土企业之外，印度的跨国公司一直在印度投资，但投资地点在哪里。基于研究的创新中心已经出现了班加罗尔的空中客车公司、

[VIVO、OPPO 等]等中国公司等。然而,重点应该放在印度试图树立其作为一个拥有熟练资源的整体国家的形象,而不仅仅是其他一些经济体形式的劳动力国家 (*Harish, 2010*) 。单纯的组装和劳动力储备的想法也很重要,但只要通过被称为工业革命 4.0 的现代工业革命加以补充即可。来自发展中国家的增长引擎是由亚洲推动的,从东方开始,进入东南亚,当然还有中国和印度这两个巨人。然而,印度的独特之处在于,其服务导向型经济推动了该国的发展,并将自己打造为一个不断增长的经济体,但这种情况能持续多久呢?印度遭遇周期性经济放缓,这是自然现象,但投资周期需要到来。在这种情况下,印度的微型贸易单位,即中小型企业的一部分,应该成为大规模投资的重点。亚马逊、优步等公司都专注于这些业务,因为这对印度的经济抱负也非常重要。印度需要努力推进国家品牌的想法,但由于已经存在一些漏洞,这是不可能的。经济增长需要深入基层,提高生活质量。这里的问题是政治和政策方面的权力投射。印度的政治仍然受到种姓分歧的困扰,但这仍然是多年来的社会经济现象,可能需要大量时间来调整与政治和权力斗争相关的国内导向进程的内部政策发展(*Mooij, 1998*) 。从印度包括投资在内的贸易政策来看,它一直在保护国内产业,但同时却没有使其在除IT、制药等之外的全球市场上具有竞争力。印度服装和纺织工业的情况清楚地证明了这样一个事实:对中小企业的绥靖政策已经取代了对出口导

向政策现代化的更大图景的理解。因此,印度的政治经济政策制定与全球愿望保持一致非常重要。印度的经济不仅不断适应多种复杂性和挑战,而且印度的政治理念似乎仍然是农村的,本质上更加倒退。印度的技能发展、人工智能的使用以及经济参数的发展在印度更多的是一种政策导向的政治。也许是时候明白,仅仅政府或傀儡领导人的言辞对印度来说不会有那么大的好处 ***(Brass, 2004)***。印度的政治经济已逐渐从农村转向城市化。然而,有些飞跃本质上看似量子,但可能留下了更深的差距,这些差距在未来可能是致命的。因此,印度政治经济的理念很可能在于印度政治所塑造的印度品牌形象需要改变。西孟加拉邦和喀拉拉邦等某些邦的政治具有非常基于农业的模式以及社会经济参数的出现。而卡纳塔克邦、马哈拉施特拉邦、旁遮普邦、哈里亚纳邦、拉贾斯坦邦和古吉拉特邦的工业带被农业和种姓政治包围,这就更加棘手。因此,印度的政治经济理念是多种多样的,各个邦都有自己的议程。从国家力量投射的整体意义上来说,以及在印度创造一种普遍的政治理念,事情变得很复杂。从独立时期到今天的问题是基于这样的理解:如何通过多样性中的独特性来实现统一性。印度选举是政治和权力根源于印度经济的典型例子。这给我们带来了一个问题,印度政界正在对印度经济的增长进行重击,而印度经济的增长有其自己的故事。

印度增长可持续性问题：在印度，最大的问题是印度的财富分配存在巨大差异，这对增长的理解提出了一个大问题。尽管印度有宪法福利和贫困政治理念，但印度过去 70 年的经济增长仍然未能击中长期贫困的核心。这并不意味着印度没有让人民摆脱贫困，但这些人的数量很少，而且也是印度大肆宣传的"典型中产阶级"的一部分，而不是包括上中产阶级在内的高端人群。印度的贫困几个世纪以来一直存在，源于唯物主义的概念，但印度的政治经济现在有一种混合形式（*Varshney, 2000*）。一是城市贫困的政治，即从印度农村地区和经济贫困地区搬来的人们。挑战就在这里，因为它在一段时间内不断增长。负担过重的城市与贫民窟中的城市贫困一直是政治斗争，这也带来了边缘化、贫民窟化以及种姓偏见的概念（*Aghion 和 Bolton, 1997*）。在印度经济和与之相关的政治角度面临的挑战中，印度的增长理念可能需要转化为人类生活的发展。接下来是与对优质生活方式的渴望相关的城市挑战本身的问题。由于缺乏安全预防措施、排水问题导致的洪水以及臭名昭著的印度城市交通和拥堵，印度城市一直处于火灾的最前线。这些问题一直在出现，但并未进入主流政治。然而，这些是非常重要的质量参数，可以使国家成为一个在质量和发展标准方面取得重大进步的国家。印度政治中大多数人的封建思维需要更快地改变。贫困政治虽然保持不变，但其含义和愿望已经发生了变化，从 Roti、Kapda aur Makaan（食物、衣服和住房）转变为教育、技能发展，以及最重要的就业问题，这是印度目前的焦点。然而，如果没有农村经济的大局观，印度的政治及其对全球权力的渴望是不完整的。一个城市化速度很快但仍然拥有农业经济的国家，农村地区的人们仍然受到种姓、低生活质量（不包括极简主义甚至改善消费主义）的根深蒂固问题的困扰，但包括获得基本方面的机会健康、电力和教育等优质生活。印度经济现在正试图进入一个新的方向，其中包括通过印度经济的非货币化和数字化来重新货币化的政治和政策。最重要的是，尽管受到批评，但让全体民众使用银行账户的想法也是一大进步。在理解印度宪法所规定的福利国家的成就方面，印度经济已经取得了长足的进步。当然，公共服务的最后一英里分配面临着许多挑战，这些挑战受到腐败和封建性质的权力结构的破坏。英属印度殖民时代的体系对于印度及其政治经济体系来说更多地变成了东方与西方的混合 *(Tilak，2007)*。尽管国务院需要纠正，但种姓制度和印度一国的理念与掌握财政权力的中央完全吻合。印度可能渴望发挥全球作用，但即使与撒哈拉以南非洲相比，其几个国家的一些指标也令人沮丧。让这些州融入中央并为它们提供公共财政的自主权和问责制的想法非常重要。比哈尔邦、北方邦等邦有来自种姓阶层的严重权力游说团体，低种姓的基本便利设施和人的尊严仍然受到质疑。尽管印度在收入差距巨大之后仍然保持相对平静，但这确实令人惊讶，这可能是因为民主安全阀仍然被

认为至关重要 (*Demetriades 和 Luintel，1996*)。然而，谈到印度的政治经济和印度社会经济边缘群体的纳萨尔主义、与经济繁荣有关的地区主义以及印度对国家间移民的控制等问题，是一些非常严峻的挑战。印度的政治围绕这些问题进行的筛选水平几乎没有达到国家层面的政治。在国家方面，过去几年农业政策调整、工业和劳动法改革、税收合规和不良资产削减以及国防预算成为印度政坛的焦点。这正是一个国家从微观和宏观角度制定国内经济政策的核心要素。然而，教育、技能发展、医疗基础设施和公共设施改善等深层次问题似乎在所有这些因素的混合中显得混乱。即使在金砖国家中，印度在教育和健康方面的国内生产总值支出也非常低，尽管在某些健康指标方面有所改善，但在许多其他健康领域仍然落后，这是一种耻辱 (*Bosworth 和 Collins，2008*)。缺乏医生、儿童死亡率等似乎从来没有成为印度主流政治的焦点，这些政治只停留在次邦层面，可能只会延续到邦层面。印度本世纪和未来时代与其经济相关的政治愿景需要以结构性改革为基础，这将在本文接下来的内容中讨论。这将是通过所尝试的政治框架进行结构性改革的想法来了解印度经济在不久的将来的愿景和使命。

分析印度可持续品牌所需的政治格局和改革

印度政治结构的概念对于理解与权力结构相关的制度很重要。正如论文标题已经表明的那样，政治理念与权力结构是相互关联的。印度的全球愿望在于其民主结构被全球接受,但这也引发了一些问题。印度的政治理念与印度的边缘化问题和仍然主导政治机制的等级权力结构有直接联系(*Bose 和 Jalal, 2009*)。印度的政治理念似乎是东方和西方的混合体,但两者都没有完全成形。英国统治经济学的概念导致了印度奇怪的政治经济情景,即使在今天,印度前英国统治时期的封建制度也演变成一种适应印度西部的政治制度。宗教问题、种姓分歧一直是印度政治的基石,许多权力结构一直在推动印度社会的政治发展,这就是印度在一段时间内的形象。。诚然,印度政治是建立在民主基础上的,但印度政治的渗透却源于种姓、宗教结构。印度的权力和政治也推动着商业理念。印度的企业大多以家族为基础,一些首次创业的人已经打破了印度政治制度的障碍。最近,印度政治和官僚机构的联系是印度最强大的权力结构,这确实是印度政治的焦点(*Jenkins、Kennedy 和 Mukhopadhyay 2012*)。印度是一个有几个政治要点的想法,其世俗主义动力与印度历史传统在两千年的时间里建立起来的主要现实不相容。确实,印度现在一直在按照过去 70 年来强加和采用的西方传统来描绘一个国家形象。随着时间的推移,印度的观念和政治也发生了变化。然而,政治的基本原则一直围绕地区主义以及种姓和宗教发挥作用。最新的此类机构刚刚以 NRC(国家公民登记处)的形式转变,摆脱了古老的阿约提亚政治或穆斯林宗派主义。更不用说印度红带地区纳萨尔派的边缘化和暴力叛乱，以及在更大范围内推动印度政治的印度分裂政治运动。70多年来塑造印度品牌的使命很大程度上源于印度政治的喧嚣 (*Mukerjee, 2007*)。印度政治的万花筒决定了印度需要如何从所谓的民主政治的意义上看待自己。

通过医疗旅游推动印度品牌理念

印度的品牌理念一直贯穿着人、贫困、污染、人口和道德说教的理念。随着时间的流逝，印度从殖民政权中独立出来，成为一个现代民族国家，这一想法无疑为印度这样的古老文明的篇章翻开了新的一页。印度作为一个国家，被认为是一个非常新的民族国家，在民族国家体系下，我们通常称之为第三世界主义，它遭受着新成立国家的典型问题。一个建立在独特宪法原则基础上的国家，然而却是一个具有不同复杂性的国家（*Fernandes, 2004*）。然而，第三世界的想法在方法上是如此还原论，并且讨论得如此陈词滥调，以至于我个人不想陷入同样的陷阱。本章旨在了解如果印度有自己的精神，那么印度的定义是什么。一个建立在独特宪法原则基础上的国家，然而却是一个具有不同复杂性的国家。除了文盲之外，破碎的教育体系以及政客对公民的责任也是我们国家的紧迫问题。然而，我们并不是不知道问题所在。我们的责任在于了解其中的亮点，并且印度社会是否准备好承担起这样做的责任。在世界上人口最多的民主国家开展廉价医疗旅游的想法无疑引起了很多问题，但尽管存在所有问题和挑战，它仍然存在。然而，医疗质量的参数又如何呢？十亿多人对没有腐败的社会的期望，以及真正独特的医疗实践的新理念（不一定符合西方标准）可能才是真正的交易。对于独立 70 年后的印度人民来说。这位起草了印度民主支柱的印度宪法之父对印度所需要的东西有着先见之明。与首先将公平引入社会以实现真正独立的等式相关，引入了保留的想法。同样的情况已经融入了选票银行政治的想法中，尽管从非常学术的角度来看，人口统计数据和保留利益的范围尚未得到充分理解或回答。分治的痛苦、多元化的理念以及真正触动所有人的印度独立问题是印度权力和政治理念的驱动力。与关键词一起添加的是印度人民的动态。然而，本章涉及通过医疗旅游打造印度品牌。一个需要通过民主来消除的深不可测的贫困问题，可悲的是，这也与腐败交织在一起。在这一切之中，尽管印度的卫生系统面临挑战，但印度仍成为目的地，但矛盾的是，印度拥有世界上最好的医疗中心，而且成本比西方便宜得多。只有当国家的活力真正与人民的期望产生共鸣时，印度道德高尚的宣扬才能引起共鸣。不再是关于坑坑洼洼、污染以及腐败的公共机构的老故事了。这再次将问责制的动态及其在医疗旅游业中的独特地位的理念纳入考虑范围。印度一直通过独特的医疗实践以及私营医疗部门的人才医疗库来利用其实力，这些障碍主要克服了所有障碍，这些障碍随着与医疗旅游相关的政策而不断增加，包括基于一个想法的医疗基础设施、法律和社会护理对我们这个时代的动态性质不断变化的期望。印度的人口红利可能是一个严重的问题，除非它转化为适当的劳动力（*Khodabakhshi，2011*）。

印度的理念是在周围许多不知名、不被赏识和无名英雄的肩膀上发挥作用的。当谈到对印度力量投射的理解时，让我们首先从贸易开始。理解贸易的概念及其对一个国家的政治经济的意义是最重要的。印度目前已跻身 GDP 排名前 7 名的国家之列，从第 5 名滑落到第 7 名，目标是到 2025 年至 2030 年进入前 3 名。然而，最重要的问题是印度需要在哪里投射其经济实力以及如何做到这一点。关于印度在国际论坛上游说的问题，这已不再是秘密，而是一个非常确定的事实，莫迪总理曾在国际论坛上大力宣传印度做出投资决定。印度已经成为世界上经济增长最快的国家，但印度贸易对经济的实际推动作用才是最重要的。印度的医疗旅游红利可以转化为适当的劳动力。然而，重点应该放在印度试图树立其作为一个拥有熟练资源的整体国家的形象，而不仅仅是其他一些经济体形式的劳动力国家 (*Harish，2010*)。印度的政治局势现在正试图集中在印度颁布与加强政治经济有关的新法律上。其中包括新出台的破产法和劳动法改革，这些改革将试图打破印度长期存在的经济缺陷的束缚。然而，印度经济拥有远见非常重要，这需要提高该国的医疗旅游业。说到印度的医疗旅游，印度接待的患者数量最多，来自孟加拉国、斯里兰卡等邻国，甚至来自英国等西方国家。不幸的是，印度建立在商业化的教育基础上，并利用教育作为摆脱贫困的途径。印度拥有大量工程师和科学家，但其质量和研究工作也正在达到全球医学标准所需的水平。这给我们带来了一个问题，除了本土企业之外，印度的跨国公司一直在印度投资，但投资地点在哪里。基于研究的创新中心已经出现了班加罗尔的空中客车公司、[VIVO、OPPO 等] 等中国公司等。然而，重点应该放在印度试图树立其作为一个拥有技术资源的整体国家的形象，而不仅仅是其他一些经济体形式的劳动力国家。特别是喀拉拉邦及其阿育吠陀地区的医疗旅游已遍及世界各地。小内马尔等足球明星在世界杯上受伤后也来到喀拉拉邦接受治疗。印度作为一个纯粹的集结地和劳动力池的想法也很重要，但只要辅之以被称为工业革命 4.0 的现代工业革命。来自发展中国家的增长引擎是由亚洲推动的，从东方开始，进入东南亚，当然还有中国和印度这两个巨人。然而，印度的独特之处在于，其服务导向型经济推动了该国的发展，并将自己打造为一个不断增长的经济体，但这种情况能持续多久呢？印度的政治仍然受到种姓分歧的困扰，但这仍然是多年来的社会经济现象，可能需要大量时间来调整与政治和权力斗争相关的国内导向进程的内部政策发展 (*Mooij, 1998*) 。这就是印度遭受周期性经济放缓的原因，这是自然的，但投资周期需要介入。在这种情况下，印度的微型贸易单位，即中小型企业的一部分，应该成为大规模投资的重点。然而，医疗旅游作为一个可以容纳巨大投资领域的产业也不容忽视。尤其是将印度打造为主要投资目的地的品牌。亚马逊、优步等公司专注于研究机构的投资，这对印度的经济抱负也非常重要。印度需要努力推进国家品牌的想法，但由于已经存在一些漏洞，这是不可能的。经济增长需要深入基层，提高生活质量。这里的问题是政治和政策方面的权力投射。由于本章与医疗旅游相关，因此了解其动态非常重要且是多方面的。印度的政治仍然受到种姓分歧的困扰，但这仍然是多年来的社会经济现象，可能需要大量时间来调整与政治和权力斗争相关的国内导向进程的内部政策到发展。从印度包括投资在内的贸易政策来看，它一直在保护国内产业，但同时却没有使其在除 IT、制药等之外的全球市场上具有竞争力。印度服装和纺织工业的情况清楚地证明了这样一个事实：对中小企业的绥靖政策已经取代了对出口导向政策现代化的更大图景的理解。因此，印度的政治经济政策制定与全球愿望保持一致非常重要。印度的经济不仅不断适应多种复杂性和挑战，而且印度的政治理念似乎仍然是农村的，本质上更加倒退。印度的技能发展、人工智能的使用以及经济参数的发展在印度更多的是一种政策导向的政治。也许是时候明白，仅仅政府或傀儡领导人的言辞对印度来说不会有那么大的作用。

也许是时候明白，仅仅政府或傀儡领导人的言辞对印度来说不会有那么大的好处（Brass，2004）。印度的政治经济已逐渐从农村转向城市化。然而，已经出现了一些看似量子的飞跃，但可能留下了更深的差距，这些差距在未来可能是致命的。因此，印度政治经济的理念很可能在于印度政治所塑造的印度品牌形象需要改变。西孟加拉邦和喀拉拉邦等某些邦的政治具有非常基于农业的模式以及社会经济参数的出现。然而，这些国家分别有大量来自孟加拉国和海湾地区的病人。而卡纳塔克邦、马哈拉施特拉邦、旁遮普邦、哈里亚纳邦、拉贾斯坦邦和古吉拉特邦的工业带被农业和种姓政治包围，这就更加棘手。不过，这些地方也发展出了世界一流的私立医疗机构。因此，印度的政治经济理念是多种多样的，各个邦都有自己的议程。从国家力量投射的整体意义上来说，以及在印度创建医疗旅游品牌政策的普遍理念，事情变得很复杂。从独立时期到今天的问题是基于这样的理解：如何通过多样性中的独特性来实现统一性。印度的贫困几个世纪以来一直存在，源于唯物主义的概念，但印度的政治经济现在有一种混合形式 (***Varshney, 2000***)。印度选举是政治和权力根源于印度经济的典型例子。这让我们想到了印度政界正在讨论的一个问题：印度政界对印度经济的增长赞不绝口，但也可以与印度及时发展的利基医疗旅游业联系起来。

印度增长可持续性问题：在印度，最大的问题是印度的财富分配存在巨大差异，这无疑对增长的理解提出了一个大问题。尽管印度有宪法福利和贫困政治理念，但印度过去 70 年的经济增长仍然未能击中长期贫困的核心。这并不意味着印度没有让人民摆脱贫困，但这些人的数量很少，而且也构成了印度大肆宣传的"典型中产阶级"的一部分，而不是包括上中产阶级在内的高端人群。几个世纪以来，印度的贫困一直存在于唯物主义的概念中，但印度的政治经济现在有一种混合形式。负担过重的城市与贫民窟中的城市贫困一直是政治斗争，这也带来了边缘化、贫民窟化以及种姓偏见的概念*（Aghion 和 Bolton，1997）*。一是城市贫困的政治，即从印度农村地区和经济贫困地区搬来的人们。挑战就在这里，因为它在一段时间内不断增长。城市负担过重，贫民窟的城市贫困一直是政治斗争的一部分，这也带来了边缘化、贫民窟化以及种姓偏见的概念。在印度经济和与之相关的政治角度面临的挑战中，印度的增长理念可能需要转化为人类生活的发展。然而，正如已经提到的，印度有一个混合结构。接下来是与对优质生活方式的渴望相关的城市挑战本身的问题。由于缺乏安全预防措施、排水问题导致的洪水以及臭名昭著的印度城市交通和拥堵，印度城市一直处于火灾的最前线。同样，Devi Shetty 博士的 Narayana Hrudalaya 等世界一流的设施也改变了负担得起的世界一流医疗保健的动态。医疗负担能力问题不仅在印度而且在全球范围内都在加剧，但尚未进入印度的主流政治。然而，这些是非常重要的质量参数，可以使国家成为一个在质量和发展标准方面取得重大进步的国家。英属印度殖民时代的体系对于印度及其政治经济体系来说更多地变成了东方与西方的混合(*Tilak，2007*) 。印度政治中大多数人的封建思维需要更快地改变。贫困政治虽然保持不变，但其含义和愿望已经发生了变化，从 Roti、Kapda aur Makaan（食物、衣服和住房）转变为教育、技能发展，以及最重要的就业问题，这是印度目前的焦点。然而，如果没有农村经济的大局观，印度的政治及其对全球权力的渴望是不完整的。一个城市化速度很快但仍然拥有农业经济的国家，农村地区的人们仍然受到种姓、低生活质量（不包括极简主义甚至改善消费主义）的根深蒂固问题的困扰，但包括获得基本方面的机会健康、电力和教育等优质生活。印度经济现在正试图进入一个新的方向，其中包括通过印度经济的非货币化和数字化来重新货币化的政治和政策。最重要的是，尽管受到批评，但让全体民众使用银行账户的想法也是一大进步。在理解印度宪法所规定的福利国家的成就方面，印度经济已经取得了长足的进步。当然，公共服务的最后一英里分配面临着许多挑战，这些挑战受到腐败和封建性质的权力结构的破坏。英属印度殖民时代的制度对于印度及其政治经济制度来说，更多地变成了东西方的混合体。尽管国务院需要纠正，但种姓制度和印度一国的理念与掌握财政权力的中央完全吻合。印度可能渴望发挥全球作用，但即使与撒哈拉以南非洲相比，其几个国家的一些指标也令人沮丧。让这些州融入中央并为它们提供公共财政的自主权和问责制的想法非常重要。比哈尔邦、北方邦等邦有来自种姓阶层的严重权力游说团体，低种姓的基本便利设施和人的尊严仍然受到质疑。尽管印度在收入差距巨大之后仍然保持相对平静，但这确实令人惊讶，这可能是因为民主安全阀仍然被认为至关重要（*Demetriades 和 Luintel，1996*）。然而，谈到印度的政治经济和印度社会经济边缘群体的纳萨尔主义、与经济繁荣有关的地区主义以及印度对国家间移民的控制等问题，是一些非常严峻的挑战。印度的政治围绕这些问题进行的筛选水平几乎没有达到国家层面的政治。在国家方面，过去几年农业政策调整、工业和劳动法改革、税收合规和不良资产削减以及国防预算成为印度政坛的焦点。这正是一个国家从微观和宏观角度制定国内经济政策的核心要素。然而，教育、技能发展、医疗基础设施和公共设施改善等深层次问题似乎在所有这些因素的混合中显得混乱。印度在教育和健康方面的国内生产总值支出非常低，即使在金砖国家中也是如此，尽管在某些健康指标方面有所改善，但在许多其他健康领域仍然落后，这是一种耻辱（*Bosworth 和 Collins，2008*）。缺乏医生、儿童死亡率等似乎从来没有成为印度主流政治的焦点，这些政治只停留在次邦层面，可能只会延续到邦层面。印度本世纪和未来时代与其经济相关的政治愿景需要以结构性改革为基础，本章接下来将讨论这一点。这将是通过医疗旅游了解印度经济在不久的将来的愿景和使命。

与医疗旅游相关的政治和权力： 印度政治结构的概念对于理解与权力结构相关的制度很重要。正如论文标题已经表明的那样，印度的医疗旅游理念与权力结构和政治相互关联。印度的全球愿望在于其民主结构和权力投射得到全球的接受，但这在如上所述的几个领域受到了一些质疑。印度的政治理念与印度的边缘化问题和仍然主导政治机制的等级权力结构有直接联系*(Bose 和 Jalal，2009)*。印度的政治理念与边缘化问题有直接联系，而印度的等级权力结构仍然主导着政治机器。印度的政治理念似乎是东方和西方的混合体，但两者都没有完全成形。英国统治经济学的概念导致了印度奇怪的政治经济情景，即使在今天，印度前英国统治时期的封建制度也演变成一种适应印度西部的政治制度。宗教问题、种姓分歧一直是印度政治的基石，许多权力结构一直在推动印度社会的政治发展，这就是印度在一段时间内的形象。 。诚然，印度政治是建立在民主基础上的，但印度政治的渗透却源于种姓、宗教结构。印度的权力和政治也推动着商业理念。印度的企业大多以家族为基础，一些首次创业的人已经打破了印度政治制度的障碍。近来，印度政治和官僚机构的联系是印度最强大的权力结构，这确实是印度政治的焦点。印度是一个有几个政治要点的想法，其世俗主义动力与印度历史传统在两千年的时间里建立起来的主要现实不相容。确实，印度现在一直在按照过去 70 年来强加和采用的西方传统来描绘一个国家形象。随着时间的推移，印度的观念和政治也发生了变化。然而，政治的基本原则一直围绕地区主义以及种姓和宗教发挥作用。最新的此类机构刚刚以 NRC（国家公民登记处）的形式转变，摆脱了古老的阿约提亚政治或穆斯林宗派主义。最近，印度政治和官僚机构的联系是印度最强大的权力结构，这确实是印度政治的中心焦点 (*Jenkins、Kennedy 和 Mukhopadhyay 2012*)。更不用说从印度中部到东部的印度红带地区纳萨尔派的边缘化和暴力叛乱，以及克什米尔乃至东北部的分裂运动，在更大的画布上完善了印度的政治。现在，这推动了印度的政治，并将印度与经济相关的权力结构以及印度的社会框架推进至今。同样，对于医疗旅游来说，政治和权力结构功能的联系与中间人/兜售医院入院、血库使用权以及直到最近以代孕母亲形式出现的医疗旅游的辅助形式有关。这就是为什么整章没有重点关注医疗旅游的核心动力。本章从多个角度进行讨论，绕过了医疗旅游的核心理念及其印度国家品牌的理念。这是因为印度是唯一拥有世界一流卫生基础设施的国家之一，但正如已经解释的那样，获得优质医疗服务的想法涉及许多核心权力结构和政治。印度一直利用医疗旅游业作为软实力投射，并打造国家品牌。涵盖了政治、经济和社会因素的概念，以引入医疗旅游及其在印度实现医疗旅游的整体辅助因素的视角。印度医疗旅游与其品牌资产的结合理念是整体决定的。70 多年来塑造印度品牌的使命很大程度上源于印度政治的喧嚣*(Mukerjee，2007)*。

印度是一片广阔的土地，许多人声称，在我们获得今天所知道的政治领土之前，印度就已经存在于集体意识中。从这个意义上讲，印度是一个从万花筒文化中诞生的孩子。从这一点来说，印度可以说是名副其实的所有文明之母，这里我们谈论的不仅仅是印度河谷文明。最近的发现表明，某种德拉威文明早于印度河流域。在这方面，我们首先要明确的是，我们说我们背负着殖民耻辱！这对我来说完全是垃圾。我这么说并不是盲目的沙文主义者，但即使我们运用常识来理解印度今天是什么以及它是如何诞生的，也会得出同样的反应。印度的诞生不是因为殖民，而是殖民的最终结果。当我开始写这本书的开场白时，我提到印度是一片巨大的集体海洋。甚至其他学者在撰写有关印度的文章时也提到过这一点。当谈到将印度称为所有文明之母时，可能有很多人会试图以此攻击我。等一下。事实上，除了底格里斯河-幼发拉底河沿岸之外，还有苏美尔文明、美索不达米亚文明与巴比伦民族的集体观念并存，据说这些文明比印度河谷还要古老。然而，正如我提到的，来自印度南部地区的某种德拉威文明确实变得清晰起来，因为德拉维这个名字被用来指它必须属于印度半岛。因此，印度在我们今天甚至更远的这片土地上，在同一时期内有过多的文明融合和分歧。世界历史上谈论的其他古老文明通常并非如此。这包括中国人、埃及人、中美洲人等。很多人说,印度在世界上的影响力确实有,但不如法国、德国、意大利、西班牙等民族国家那么大。我个人很钦佩欧洲民族国家,但要回答印度在世界上的影响力,那就晚了。在此之前,我们必须首先回答为什么印度如此混乱和文化无政府状态,没有明确的文化秩序,实际上是文化的万花筒。在印度、印度之外有很多关于印度的书籍,讨论如何定义印度、为什么定义印度、在哪里定义印度。印度可以用简单而简短的术语来理解和解释,就像人们想要的那样。正是印度的这种流动性,自古以来就造就并改变了今天的印度。无论是巴拉特(Bharat)、占布维帕(Jambudwipa)、印度河(Indus)还是印度(India),都有如此多的文化鞭笞浪潮被印度吞没,又像大海一样卷土重来,扣留了某些剩余部分。这样,从无国界时代到现在的有国界世界,当地人和所谓的移民的混合就是印度为何和如何创建的不断演变。印度是一个根据语言特性建立了如此多文化的国家。这就是印度国家的形成方式,这在世界上是独一无二的,因为在世界上任何地方你都找不到基于语言创建的国家或民族的国家。唯一的类比是欧洲国家,他们在语言认同和自豪感的基础上建立了自己的主权存在。说到语言自豪感和身份,让我们从比哈尔邦开始,这个邦因多种原因而不受人喜欢,并希望在现代不属于印度的一部分。然而,如果没有比哈尔邦和对其辉煌过去的讨论,印度的历史是不完整的。如果比哈尔邦不属于印度怎么办？这可能是当今许多想要摆脱比哈尔邦的印度人面临的一个问题，特别是因为它是如此落后和落后。然而，真正的问题在于，当今时代的比哈尔邦起源于哪里。正如我们今天所知，旃陀罗笈多孔雀王朝或笈多帝国的统治都是在比哈尔邦建立的。比哈尔邦的起源从 16 个 Mahajanapadas 到现代的比哈尔邦，当我们回顾印度的历史时，这是一个相当令人惊讶的旅程。今天的比哈尔邦是一个陷入争议和许多与贫困有关的困难的邦。然而，当人们审视这个国家时，我们可能会忘记这个国家的辉煌过去及其在创造印度遗产和遗产中所扮演的角色。孔雀王朝的统治以及印度最古老的大学之一——那烂陀大学、塔克西拉大学和维克拉姆希拉大学的创建都被载入史册。当我们想要弄清楚印度的身份时，总是会想到印度过去是什么样子的问题。在今天的比哈尔邦问题上，它只是一个从孟加拉邦和奥里萨邦分离出来的以语言为基础的国家。然而，就印度历史而言，比哈尔邦的作用需要超越该邦今天的悲惨故事。来自比哈尔邦的移民劳工很长时间以来一直在印度及其周边地区以及国外流动。因此，今天的比哈尔邦及其文化影响不能仅从现代来衡量。需要了解比哈尔邦发生了怎样的变化，以及殖民统治尤其是英国殖民统治的影响彻底改变了一个国家。比哈尔邦曾经处于文化和艺术的前沿，但如今在现代社会指标上却落后了。这需要联系起来，因为比哈尔邦的政治制度未能实现人民的期望。过去的一些恶习仍然存在，包括种姓制度和封建思想。然而，比哈尔邦过去的角色包括一些最伟大的数学家的探究精神。尽管问题出现了，比哈尔邦开始崩溃时发生了什么。前面已经提到，答案在于政治制度和现代教育流动的缺乏。这些都是现代工业化步伐跟不上现代需求的因素，导致比哈尔邦今天处于落后的边缘。必须记住，文化流动只是理解国家的一个要点。人们的工作方式和他们的工作方式也是如此。比哈尔邦曾经是印度文明十字路口的摇篮，伟大的帝国及其无数的遗产都在这里建立。尽管在独立前的几十年里，他们陷入了建立一个受封建思想束缚的国家的泥沼，无法根据民主原则进行自我统治，尽管该国家本身并非曾经存在过的西方民主原则。比哈尔邦人民一直在与印度许多地区的仇恨作斗争，但也因其韧性而受到许多印度人民的钦佩。这就是需要强调教育和现代思维过程的作用的地方，在经历了动荡的岁月之后，教育和现代思维过程终于在比哈尔邦出现了。当今比哈尔邦的统治已经采取了许多进步的政策，尽管像印度的灵魂一样，乡村和传统习俗尚未完全脱离国家。这是一个例子，说明现代印度是如何建立在现代无政府状态的基础上的，其根源在于过去。问题归根结底是文化如何定义我们现在的问题。正如比哈尔邦的例子一样，当我们放眼大局时，我们可以很好地理解，欧洲人只是在我们今天所知道的印度之前与印度接触的一大波浪潮之一，就像莫卧儿人、土耳其人一样、蒙古人、阿富汗人等看看欧盟的类比，今天我们可以定义印度就像欧盟一样是一个身份的集合，他们的座右铭"多样性中的统一"在以印度形式创建的最伟大的多元化国家之一中得到了贯彻。很多人都知道，印度次大陆的文明已有 5000 多年前的历史，而今天的印度这个民族却只存在了 75 年。因此，问题总是归结为印度作为一个国家是由于对中央集权的极端斗争而诞生的，而整个印度从未被殖民过。读到这篇文章的人可能会说我疯了，但按照印度被殖民的逻辑，欧洲也被殖民，直到 1945 年才获得解放，而东德则在 1990 年代获得解放。根据殖民化的定义，这通常意味着人们从外国土地或其他地方定居下来，这种想法因帝国倾向而改变。这就是只发生在印度、非洲、拉丁美洲和亚洲的殖民逻辑的缺陷。正如书名所说，印度的无政府状态是因为列强已经在印度定居下来，我们不必承受殖民耻辱的负担。因为就连法国、比利时、荷兰等许多欧洲国家所谓的先进国家也被纳粹德国占领了。当时自由的英格兰被维京人和盎格鲁撒克逊人压倒，为英格兰、苏格兰等创造了身份。因此，如果我们以这种方式看待印度，它就是一个伟大的想法，它承载着如此多的语言和文化的人民的负担，而世界上没有其他国家或力量能够做到这一点。欧洲作为一个大陆是我最喜欢的，但当我们将欧盟视为一个政治领土的力量时，尽管人口更少、资源更多，但它仍然是支离破碎、混乱的。我们印度人普遍猜测，如果我们团结一致，我们就不会被一家公司统治了 190 年。严格来说，东印度统治了 100 年。

正如我们所知，他们实际上统治了整个印度吗？从贪婪程度来看，有如此多的欧洲列强掠夺了我们的资源。甚至在他们之前，我们自己的封建制度也征服了印度的其他地区并进行了掠夺。然而，欧洲大统一的想法仍然是一个梦想，即使在今天，他们也没有共同的力量或外交政策。英国脱欧运动就是这样一个事件，它表明尽管各国拥有文化主权，但它们无法团结起来，建立了一个国家联盟。从过去的情况来参考比哈尔邦今天的情况表明，印度国家甚至在以前就已经存在，但比欧洲民族国家的流动性要大得多，当然，欧洲民族国家在工业和商业上的竞争要多得多。我们在印度也有这种情况，但方式更加混乱。一直存在着争夺中央集权的斗争，而欧洲在较长时期内被束缚在不同的文化（如地区）中。它发生在印度，这让我们了解了印度的西部和南部地区以及他们的文化特色。当我们深入研究其他文化时，这部分会稍后出现。我们今天所知道的印度仍然是一个正在形成的国家。让我们从今天在印度看到的说明性例子来看一下。正如已经提到的，印度从未被单一势力占领过，当地人和所谓的外来人的历史也被淹没在某个地方。这就是为什么印度作为一个国家是独一无二的。确实，有许多国家是作为后殖民项目而创建的，印度就是其中之一。然而，印度在建国方式上是独一无二的。印度作为一个国家的形成是基于创建一个统一的文化马赛克的理念，这与除巴西、印度尼西亚、巴布亚新几内亚和非洲国家以外的其他殖民国家不同，这些国家具有巨大的种族和语言多样性。美国、加拿大和现代欧洲国家的多元文化主义不算在内，因为它们不是有机的多元文化。这就是为什么印度以其庞大的人口和文化多样性而走在前列。就我个人而言，我是一个心胸狭隘的人，不太喜欢太多的文化多样性，但归根结底，作为一个印度人，我仍然感到困惑，有时对那里的如此多的多样性感到自豪。诚然，印度不仅在印度，而且作为现代印度的前身，对全球事务都有影响力，因为当时印度的边界尚未确定。回到边界，它让我想起了我从哪里开始，这就是今天的印度如此不同的原因，也是为什么我们没有真正承受殖民遗产的耻辱，而是我们带着我们自己的缺陷推进了这个体系，这是一个让它变得更好的机会为了我们和更大的利益，向为祖国的土地而流淌的勇敢的鲜血致敬。我不想让它听起来像一个宣传和沙文主义的作品，但让我们不要忘记，今天甚至在过去，当时没有印度被吸走资源和掠夺，我们缺乏民族意识甚至应该受到指责。然后我们就一起努力了。我们放弃了传说中的 Kohinoor，但没有放弃 Somnath，谈到我们的传统自豪感。印度人为他们自己邪恶的萨蒂制度的消失而奋斗，但我们现在也在为挽救我们的现代身份而奋斗，在英属印度在他们自己的分而治之政策中操纵的古老挑战中，我们也为这些挑战添加了燃料。然而，今天的印度由不属于英属印度的国家组成，这揭穿了他们实际上帮助创建印度的理论。没有人创造了印度。它在今天的现代形式之前就已存在，只是以更广泛和流动的形式存在，有时带有政治基调和一点"阿坎德巴拉特"（不可分割的印度）的怀旧民族主义感觉。总是对印度不屑一顾的温斯顿·丘吉尔（Winston Churchill）了解了一些关于我们的事实，特别是令人悲伤的腐败部分，而不是众所周知的英国斗牛犬有任何道德优越感，除了一件事。印度并没有像欧洲和非洲部分地区那样巴尔干化。尽管存在内部争吵和文化无政府状态，但我们的印度联邦却共存，就像皮尤研究中心的调查发现的那样，它很像单独的碗里的食物，彼此靠近，但不想像大熔炉一样混合在一起。结果专门针对宗教，但对于我们的文化也可以得出同样的结论。印度只是遭受了痛苦的分裂，并出现了两个混乱的国家，就像从印度分离出来的巴基斯坦和孟加拉国一样。这就是文化马赛克的问题所在，印度是南亚，恰当地称为印度次大陆，不要忘记我们通过印度洋地区的文化出口传播到亚洲其他地区。印度的理念使印度独一无二。回到文化扩张和现代国家的作用让我们从国际现象开始。金砖国家是指巴西、俄罗斯、印度、中国和南非等发展中国家共同发展的经济飞地，也是世界经济新变化的面貌。如果我们开始寻找文化视角，让我们从巴西开始，巴西本身就拥有许多不同的语言和种族，而且地域广阔，但仍然无法与印度相比。首先，没有一个国家可以与任何其他国家相比，但在文化影响力以及与新兴经济体的文化影响力比较方面，印度是独一无二的。例如，俄罗斯拥有庞大的帝国及其文化影响力，而印度则受到中亚国家的入侵。如果我们以哈萨克斯坦、乌兹别克斯坦为例，他们早期的文化影响是从俄罗斯扩展到那里的。然而，就语言的文化血统而言，可以从印度到中亚找到。说到中国，作为亚洲最伟大的文化强国之一，他们从印度输出了最大的文化，其中包括实际上起源于这里的武术。正如一位中国外交官曾经评价印度的那样："印度是唯一一个在文化上殖民我们2000多年而没有任何士兵入侵过的国家"。这本身就向我们展示了印度输出了什么样的文化。印度是一个真正的多元文化国家，可以与南非相比。这个被称为"彩虹之国"的国家比印度小，人口也较少，但它具有丰富的文化和语言多样性。现在问题归结为南非和印度的影响力。这两个国家都是多元文化和多元化的国家，但就印度而言，印度的影响力已经到达南非，尽管是在最近的政治形式上。这就是为什么印度以多种不同的方式不断地起源，不断地引入文化，并如何丰富印度，尽管我们有混乱。现在回到国家的角色问题，以及它们如何在印度创建现代民族国家的过程中发挥作用，通过国家转变为新的混乱方式的转变过程，找到一个过程，这就是使印度成为现代民族国家的原因。印度。让我们以位于印度西部的马哈拉施特拉邦为例，了解它为何以及如何以自己的方式定义印度。这可以被定义为一个国家的旅程，它拥有真正的主权，并且长期以来在海军和陆军方面都是一个既定的强国，这是印度文化形式的起点之一。景观。马哈拉施特拉邦在一段时间内发生了变化，这就是为什么它是在如此多的不同规则时期之前和之后定义印度作为一个国家的创建方式的例子之一。马哈拉施特拉邦在早期阻碍了民族国家的形成，马拉地帝国的建立反抗了阿富汗人和后来的莫卧儿人的军队，同时将他们的足迹扩展到印度其他地区。然而，今天的马哈拉施特拉邦与已知的其他版本非常不同，其中包括古吉拉特邦现在是一个不同实体的例子。另外不要忘记马哈拉施特拉邦及其文化意义在于它在殖民时期以及它的许多部分处于不同统治者统治下的自身变化。

然而，马哈拉施特拉邦已经发生了变化，并作为标志性邦之一不断发展，它本身可以被称为与印度其他邦不同的实体。这就是印度被定义为一个不断变化的国家的原因。如果我们看一下印度的地图，它看起来很像一个不断发展和丰富世界的拼图游戏。如前所述，今天的马哈拉施特拉邦孕育了古吉拉特邦，古吉拉特邦本身就承载着自己的历史和遗产。这就是为什么我一开始就提到印度并没有像我们不断被提醒的那样承受殖民化的耻辱。今天的印度在东北部拥有果阿、本地治里、达曼、迪乌、达德拉和纳加尔哈维利等邦，这些邦要么在技术上独立，要么处于权力之下，这表明印度不是我们所知道的那样。印度的形成地区正在不断发展，无论是通过创建新国家还是合并锡金等新国家。正如前面提到的，印度的文化扩张以不断变化的形式存在，如阿萨姆邦、梅加拉亚邦、那加兰邦、阿鲁纳恰尔邦、曼尼普尔邦和米佐拉姆邦等印度东北部邦，英国的影响力一直受到挑战。更不用说其他殖民地的故事，例如前面提到的葡萄牙统治下的殖民地。还有许多其他欧洲列强来到印度，就像非洲大陆一样，吞噬我们的资源。然而，尽管存在外国压迫，印度的文化影响力始终受到从马克斯·穆勒到威廉·琼斯等许多欧洲人的尊重。印度吠陀著作的影响甚至存在于当今流行的日本漫画和动漫文化中。今天现代印度的创建包含了多个世纪的集体经验。这也适用于各国持有自己的经验、独立持有经验或变好或变坏的方式。马哈拉施特拉邦就是这样的一个例子，这就是今天的印度。这就是印度作为一个文化和地理实体的独特之处，它自身带来了如此多的变化，只有少数像印度这样幅员辽阔、历史上像印度一样人口众多的国家才能声称如此。这就是为什么印度是一个不同于我们一直说的源自殖民世界的概念。在这方面，我们不应该忘记，印度是由印度人以萨达尔·帕特尔（Sardar Patel）的形式创建的，我们自己的钢铁侠或印度的俾斯麦。他根据已与英国签订的条约或单独谈判统一并获得了印度东北部地区。因此，印度的概念是，在分崩离析之前长期坚持抵抗英国意图的马拉塔帝国就是一个印度。而马哈古吉拉特邦的马哈拉施特拉邦也是另一个印度的一部分。今天的马哈拉施特拉邦是 GDP 的主要贡献者之一。这并不能消除这样一个事实：过去的马拉塔人到今天的印度马拉地社区如何塑造了自己的文化身份。在这一切之中，印度从很久以前就一直存在，并发展成为今天世界上最多元化的社会之一的印度联邦。非洲国家具有如此多的多样性，巴布亚新几内亚、印度尼西亚或尼日利亚等许多其他国家也如此，尽管非洲国家或上述国家的文化多样性无论是按人口还是按面积大小都可以超过印度。除了美国之外，拥有多种语言且幅员辽阔的澳大利亚仍然需要接受人口众多的印度的庞大人口和文化多样性。没有人能够以一种特定的方式解释是什么造就了印度。这是印度的优点，也是它的优点和缺点。印度就像非洲联盟或欧盟，唯一的例外是欧洲或非洲没有一个国家像印度那么大。另外，我们不要忘记，当我们讨论印度时，我们还需要看看印度的范围及其在全球的影响力？那么我们从哪里开始让我们从旁遮普文化开始。旁遮普邦被称为印度北部的中心地带，本身也面临着来自世界各地的文化入侵。如今，旁遮普邦本身在政治上存在分歧，两国最近通过卡尔塔普尔走廊相连，进行神圣访问。现在，如果我们回顾历史，旁遮普邦是通过印度国内外发生的几次移民而创建的。这是指外部移民，而不涉及雅利安移民的争议细节。昔日丰富的农耕技术与印度河谷文明有着密切的联系。这就是在孔雀王朝和笈多帝国中发挥巨大作用的同一个旁遮普邦。从其他地区的文化大入侵时代开始，包括阿富汗和希腊通过这个国家在血统以及文化和政治影响方面的联系，都是同一个状态。这个旁遮普语是在中世纪从突厥统治者德里权力统治的影响以及莫卧儿对未分裂的旁遮普地区的影响中演变而来的。这一切都归结为这个页面的开头从哪里开始的问题。阿富汗通过旁遮普邦与印度有着非常重要的联系，双方的影响力都是如此。这就是如何建立从印度到世界其他地区的联系的问题。旁遮普及其文化的演变是以它受到外国影响的方式出现的，并为其丰富做出了贡献。印度人民的不断演变体现在印度与全球互动的方式上。其他国家的发展方式也是如此。在这一切之中，旁遮普邦作为北印度的一个核心邦，以及受希腊人、阿富汗人影响的大量移民和过境路线，催生了我们今天所知道的旁遮普文化的鸡尾酒体系。旁遮普邦的宗教和军事荣耀后来随着勇敢的卡尔萨社区的顽强抵抗而到来。与莫卧儿王朝和奥朗则布暴政的斗争为旁遮普邦提供了单独的统治，但如果我们深入研究食物和音乐、社会方面的文化影响，那么就可以得出与阿富汗和伊朗的联系。不仅是旁遮普侨民大量定居在加拿大或英国、澳大利亚和美国，甚至在今天，旁遮普人以锡克教社区的形式定居在阿富汗和伊朗也见证了锡克教领袖的宗教旅行。他们在殖民时期之前和期间对抗阿富汗军队的努力标志着旁遮普人民，特别是锡克教士兵及其王国的勇敢和善良，他们塑造了国家的身份。在自由斗争出现之前，在兰吉特·辛格王去世后，它也发挥了重要作用，让我们从加达尔党本身开始，巴加特·辛格成为许多人中最受赞誉的名字之一，不要忘记拉拉·拉杰帕特·拉伊和萨达尔·乌达姆·辛格（Sardhar Udham

Singh）的英勇事迹和爱国主义精神最近被带入人们的生活。印度一直就像一个大型博览会，不同的颜色、味道、声音和音乐汇聚在一起，创造出我们所认为的印度。印度的影响力遍及世界各地，因此受到了世界各地文化的影响。当我们观察克什米尔超越旁遮普地区和查谟时，可以发现印度教、锡克教、多格拉斯的影响和伊斯兰教的影响。兰吉特·辛格王向拉贾·哈里·辛格讲述了印度王国在查谟和克什米尔伟大和富裕的最后阶段以及不同历史阶段的影响。最重要的是，与旁遮普邦一样，查谟和克什米尔的概念也受到了来自阿富汗、伊朗和中亚地区的大量文化运动和影响。虽然今天查谟和克什米尔的现状代表着印度和巴基斯坦之间激烈而激烈的竞争，但它的文化之旅是查谟和克什米尔广泛而多样的文化的骄傲见证。看到今天的印度各个邦是如何以语言为基础而形成的文化历程，其实在它们没有以语言身份为基础而存在的时候，其实也有自己独特的文化历程。另外两个邦，包括北方邦和喜马偕尔邦新成立的北阿坎德邦，也让我们了解到印度的核心理念是如何变化的。许多学者在试图定义印度时从来没有提出过共同点，尽管这是一个有缺陷的论点，但绝对不是不真实的。以北方邦为例，以及从该邦划分出来的北阿坎德邦和喜马偕尔邦，作为近代语言国家，都有各自不同的身份。然而，如果我们回顾这三个国家的文化地图，就会证明这三个国家都有一段非常紧密的联系，奥德王国也与喜马偕尔王国有着联系和战争。现在回到文化之旅的经过，类似旁遮普邦和克什米尔地区，德里周围的另外两个重要地区以及我们今天所知的北方邦、北阿坎德邦和喜马偕尔邦，就移民而言形成了印度北部地区、语言和文化的形成赋予了它独立的身份。来自北部地区（包括今天的巴基斯坦和阿富汗、伊朗，甚至中亚）的人们也通过上述这些国家进入了印度的其他地区。因此，回到今天的查谟和克什米尔，其身份危机的政治结变得复杂，因为它既不是伊斯兰地区，也不是印度教地区，而是两者的结合体。该地区是两种宗教的精神圣地，经过数千年的时间和浪潮的演变。因此，尽管克什米尔的穆斯林多数人被印度教王子统治的故事是我们今天所知的冲突地区的最后一章，但故事既没有从那里开始，也没有结束。可见印度的想法是多么的矛盾。最近关于印度作为国家联盟的说法的争议出现在议会辩论中。然而，这不仅在宪法中提到，而且本质上也使印度成为一个奇怪的国家，它更像是一个大陆，无论如何都被称为印度次大陆地区。当我们搬到印度北部的其他地区，如北方邦、哈里亚纳邦，然后再到西北部的拉贾斯坦邦，它的文化历史给了我们对印度截然不同的看法。如果我们再看印度的音乐文化，我们会发现，音乐的形成方式有共性，形式不同，但又有共同点。上面给出的例子说明了 Thumri、Tappa、Khayaal、Raag、Banjara 和其他形式的音乐具有不同的品味，当然每种流派都有不同的音乐元素。然而，当我们谈论文明史以及人们如何穿着、统治和饮食时，印度都有共同点。人们很可能会说，这口井有什么独特之处，但必须记住，无论是印度河还是印度南部腹地的文明，都没有一个单一的文明诞生了如此多的语言、种族和文化。饮食习惯。你可以举中国、埃及、苏美尔、印加、阿兹特克的例子，但说到印度的文明，它不仅在语言的多样性上，而且在身份认同上也得到了发展。如果你看看上面提到的中华文明，它是一个语言家族，那么普通话在全世界都有很大的影响力，但它并没有创造出非常有区别的文化元素，尽管来自同一个分支。对于埃及、苏美尔甚至印加、阿兹特克等其他古老文明来说也是如此，尽管后者在南美洲提供了大量的本土语言，无疑拥有自己丰富的语言遗产。然而，当我们审视文化差异时，问题就出现了。虽然我不是美洲母语专家，但没有人可以否认，印度的影响可以从神话中找到，文化叙事来自一个点，但有如此多的根源，在很多方面都令人难以置信。今天，印度河文明的一部分位于现代巴基斯坦。然而，这个想法是提出这样一个想法：印度本身只是一个现代实体，但其广阔的文化网络已经内爆并爆炸成许多不同的分支，从印度次大陆到印度本身和世界的各个部分。从印度北部地区继续看，如果我们看看印度东部和东北部地区，我们会看到一个不同文化融合的故事。它将带您对历史和文化元素的形成有不同的理解。印度就像一个拼图游戏，当我们看向东方和东北部时，它提供了更有趣的理解。大多数对了解印度文化背景的关注都忽略了这些地区，以及它们如何以及为何在我们所了解的印度的创建过程中发挥如此重要的作用。因此，印度文化万花筒需要从这些地区来看待和聚焦，这些地区的宗教、文化和政治历史不仅受到印度北部、印度西部的影响，而且还受到印度以外的东部地区的影响，同时也不要忘记印度南部的地区。印度也是。这样，今天印度东北部人民的基因构成与东南亚文化根源相似。了解东部和东北部地区的作用的想法让我们了解印度的区域动态如何在该地区开始形成。因此，让我们从孟加拉比哈尔邦开始，它的文化历史已经被触及，尽管是表面上的，我们可以再次回到这里。孟加拉作为一个国家在独立后很久才成立，但其作为一个国家的文化进程却已经存在了很长时间。孟加拉的各种元素在印度这个地区的混合已经存在很长时间了。它可以追溯到德里苏丹时代，从奴隶王朝到希尔吉王朝和图格拉克王朝，直到 1700 年代中期左右孟加拉的纳瓦布摆脱了德里的影响。在这方面，我们今天所知的奥里萨邦拥有连续的文化存在，但并不是作为一个单独的语言国家存在。尽管如此，印度东部正在形成的文化版图仍有其自己的旅程。这是欧洲入侵的最初根源。欧洲人最重要的贸易路线之一就是从这里开始的。孟加拉、比哈尔邦和奥里萨邦即使在作为一个省时也很繁荣。它拥有肥沃的土壤和自然资源。但如果我们今天看的话，我们会发现，从这些地区来看，印度无论是农业还是工业产出都有很多不足之处。尽管与该地区的小型农场相比，孟加拉地区的农业产品产量确实名列前茅。尽管人们越来越担心气候变化的影响，但孟加拉地区仍然保持着繁荣和肥沃地区的标签。印度的故事也是充满矛盾和比较的。在农业方面，我们看到印度的其他地区，如旁遮普邦、哈里亚纳邦，它们也面临着成为我国小麦篮子的挑战。该国东部地区长期以来一直是贸易的温床，但在行政管理方面，如果我们单独考虑这些州，我们会发现大多数州长期以来都面临着去工业化或贫困的问题。贫困率以及失业或变相失业的平均水平高于全国平均水平。尽管西孟加拉邦和奥里萨邦（甚至包括比哈尔邦）等邦已经采取了一些纠正措施。尽管西孟加拉邦的政治腐败和流氓行为从国大党执政时期到共产主义统治时期的顶峰不断增加，但其影响在现政权统治下仍然持续存在，但奥里萨邦和西孟加拉邦的社会投资有些稳定。所有这些都造成了印度东部地区的低迷，这也导致了印度东北部地区的发展也没有得到很好的发展，尽管政府的政策也不注重该地区的发展。所以，我们确实认识到，必须从时间阶段来看待印度。印度东部地区曾一度盛产纺织品、食品和香料，直到今天仍然如此，但印度东部地区从殖民时代开始的工业化步伐却已经放缓。只有奥里萨邦通过稳定的投资和社会改善才遏制了这一趋势，这个非常贫困的邦现在正在印度邦发展指数的排名中攀升，尽管还有很多不足之处。因此，时间流逝的问题及其对印度东部地区的影响一直是不可预测的。孟加拉陷入政治困境，而比哈尔邦由于种姓制度和倒退的公共政策，始终失去了昔日辉煌的现代国家魅力。这仅适用于奥里萨邦，它是希望的灯塔，也是新孟加拉试图将自己打造成一个工业友好州的原因。下一本书的问题是它能否克服印度动荡的政治历史，这种政治历史长期以来一直影响着印度的工业化。

印非关系：双赢局面尚待照顾

印度与非洲关系简介： 印度与非洲的关系由来已久。印度和非洲历史上一直存在与世界两个地区之间交换的香料、象牙和其他物品有关的贸易关系。前殖民时代的印度和非洲拥有一个共同的帝国，即中世纪印度萨钦和詹吉拉的"纳瓦布"（皇帝）。前殖民时期印度和非洲之间的贸易也有以奴隶形式进行的人口贸易。然而，前殖民时期的关系方面并不存在单方面资源利用的因素。印度和非洲帝国就是这样维持互惠关系的。共享关系的资源和利用创造了一种纽带。如果不是在这方面，精英关系也是建立在相互钦佩和尊重的基础上的。然后殖民时代慢慢到来。非洲和印度都曾经历过殖民耻辱的历史。殖民统治时期从世界各地榨取了资源，也严重瘫痪了信息自由流动的建设。世界两部分之间的关系被殖民列强用来进行殖民剥削。人力资源、自然资源都被榨取，奴隶制的危险正在影响着世界的这两个地区。在这一切之中，出现了圣雄甘地，他从一个被殖民国家本身感受到了成为非洲殖民地臣民的痛苦。共同斗争的思想和维权运动的步伐加快了。与殖民统治的耻辱联系在一起的共同纽带在更大的背景下标志着19世纪和20世纪。这是两个古老文化和文明的共同遗产。随后，后殖民时代的到来，开创了 20 世纪后期以来印度与非洲关系的新格局。"印度成为第三世界或不结盟运动、77 国集团下的发展中国家集团领导者的新愿景正在当代慢慢得到体现" *(Madsley and McCann 2010)*。印度一直在寻求扩大其在非洲的影响力。中国和印度在自我意识和软方面力量投射的前景方面正在展开一场新的战斗。出现的问题是，印度是否希望在新的画布上描绘与非洲的关系。毫无疑问，印度在后殖民时代试图加强与非洲的接触。其中包括一座现有的桥梁，穿过印度侨民和非洲大陆（*Pradhan，2008*）。问题是，印度是否真的希望利用非洲来谋取自身利益，而不是建立早期的互惠关系（*Broadman，2007*）。这个要结合具体事实来分析。"然而，不可否认的是，印度与非洲的关系与印度与中国的关系一样重要" *(Carmody, 2011)*。

新时期的印非关系：印度和非洲有很多共同点，比如自然资源和贫困。然而，使这种关系有趣的是，印度现在被视为全球化新力量的新力量。人们正在考虑印度的作用，以改善全球局势。如前所述，就中国希望在非洲发挥的作用而言，与中国的斗争非常关键。塞内加尔、肯尼亚等国家已经开展了技术合作（*Mohan，2006*）。这就是以印度和中国为代表的新权力集团看待非洲利用的方式。印度在这方面必须小心，不要成为另一个寻求"非洲争夺"的大国。印度和非洲之间建立在共同遗产和旧时代基础上的美好关系，在甘地和曼德拉等领导人的推动下，以和平斗争反对帝国压迫者的精彩事例得到了加强。如今，时代在变化，合作范围不断扩大，包括太空、教育和技术等新领域。合作理念是印度和非洲参与发展南南合作的主要方式之一。印度实际上是非洲的仁慈伙伴的想法已经存在于**德里**的考虑中（*Alden 和 Viera，2005*）。非洲人对印度如何利用代理人战场上的关系来投射力量的焦虑和怀疑是离心点之一。印度的项目更多地关注技术方面并涵盖合作的软视角，这一点很重要。印度已经启动了一项名为 TU-9 的计划，涵盖向非洲欠发达国家提供基础设施发展、信贷额度和信息网络方面的援助。这对于对抗中国在非洲的大量投资以及利用专门来自中国的劳动力资源非常重要。但我不想指出中国的投资在非洲没有价值。事实上我想提出的观点是，中国和印度或者很多人喜欢说的"Chindia"都可以在非洲建立一个更大的合作轴（*Martin，2008*）。这标志着一段美好关系的开始。然而，坚持印度希望如何塑造非洲关系模式的背景是很棘手的。一方面，印度提供了更软的资源，但也有责任维护其道德价值观，不走与以前的殖民压迫者相同的道路。印度在与非洲共同对抗全球不平等方面处于独特的地位，因为双方可以相互同情（*Hill，2003*），印度作为一个肩负更大责任的崛起大国当然应该牢记这一点。

多边主义下的印非关系：印非新型关系建设在多边主义下走出了新路线。这些例子包括与南非等国家在印度、巴西和南非（IBSA）等平台上加入印度和巴西等国家建立新的外交战线（*Dunn & Shaw，2001*）。这是外交轴心新形成的开始，可以增强印度-非洲轴心的功能（*Bowles et al 2007*）。事实上，中印在非洲的发展与合作竞争正在通过多边参与呈现出新的形式。印度和非洲作为一个大陆也不应被视为双边接触。随着多边轴心的出现，新型南南合作的理念正在呈现出新的形式。**金砖五国+**是一个新概念，埃及和尼日利亚等其他非洲国家也在考虑之中（*Goldstein，2007*）。这将是新的战略合作的开始，以及如何从多个来源为开发提供融资和融资机制。这是通过提高效率的项目进行新发展的关键。从每三年举行一次印非峰会以来，印度就一直在这样做。尽管印非接触是两方之间的事，但不能仅从非洲作为单一大陆的角度来看待。在与非洲交往的背景下，应该从 50 多个国家的顶峰的角度来看待非洲大陆（*Cooper，2005*）。每个国家都有自己的具体目标，并考虑其想要实现的具体目标的计算。印度一直在寻求与非洲不同国家接触。这就是印度未来对非合作新政策的体现。这是创建南南合作发展框架的新思维和方式，其愿景不仅要关注双边层面，还要关注与其他新兴国家的接触层面（

Shaw，2007） 。印度已经在寻求通过在非洲投资计划中利用其他大国的新战略来实现这一目标。非洲也有一些新兴国家，如尼日利亚、埃及、南非等。加纳、肯尼亚等国家的崛起也提供了完美的机会组合，印度与巴西、南非甚至中国、日本等国家可以合作，并且已经在这样做了。印度已经在考虑投资农业、能源以及非洲大陆的其他资源，以满足两国的发展需求。人们可能对印度与非洲接触的实际动机持怀疑态度。然而，IBSA、BRICSPLUS 等多边平台以及印度可以与其他国家组成团队的其他平台将是未来参与的理想途径。

未来的印度与非洲关系： 印度与非洲关系实际上可以定义 21 世纪并创造一个充满机遇的新世界。这种关系以及在巧实力要素方面的合作都具有巨大的潜力。发展关系的责任取决于私人和政府层面的参与将如何进行。非洲与印度的企业合作是必要的，这在电信、能源以及其他领域已经发生。印度有责任对非洲进行真正意义上的南南合作投资 *（Cox，1996）* 。印度政府和非洲私营企业的投资应扩大到技术合作。合作领域当然可以包括国防和航天、医学和农业等高科技领域。印度在众多合作机会中需要小心，不要陷入傲慢伙伴的陷阱。印度还需要记住，它不应该忽视与非洲建立坚实基础的关系的更大目标。当然，这不仅包括建立对话，而且实际上包括相信这种关系的更强有力的方面。种族主义的背景也是一个非常微妙的问题，因为印度的非洲侨民不幸地时不时地遭受种族攻击。印度需要小心这一点，因为印度在非洲与印度侨民和历史联系的软实力推动力可能会受到削弱。印度面临的挑战是真正改变人们的信念，即非洲是创建一个新的、公平的世界的愿景中非常重要的合作伙伴。未来印度与非洲关系的建立将基于为世界大多数人口创造可持续的未来 *(Knight，2000)*。消除贫困，提高两国人民的生活水平，创造更加美好的未来，应该是未来合作的目标。欧洲甚至美国的老殖民列强现在开始在对外援助和投资方面进行干预 *(Joffe，1997)*。这就是中国和印度等新强国正在崛起的地方。然而，请记住本章的标题以及前面提到的印度在其发展中的责任。未来与非洲的投资、协作和合作战略需要采取平衡的方式。肯尼亚国家。加纳在信息技术和其他创业企业方面也迅速崛起，这为印度企业提供了巨大的合作空间 *(Nayar，2001)*。这不仅是一个合作协作的阳光领域，也可以发挥双方年轻、有才华的人力资源。两国关系的动态可能会发生变化，但对 21世纪的未来动态有着巨大的前景。

印度作为一个国家品牌,在发展叙事与21世纪全球问题的公民挑战之间取得平衡

简介:

技术是当今世界最大的游戏规则改变者。我们当今世界的生活方式是由技术驱动和阐明的。然而,技术是动态的,永远不会停在某个特定的路口。整个人类文明就是一个技术发展和人类随之进化的故事。世界总是因技术的获取而分裂。自人类诞生以来,发展和利用最好资源的想法催生了技术进化的出现。在这一切之中,我们人类的生活已经被技术以个人物品的形式改变了,无论是手机,它现在都足够智能,可以完成您可以想象的所有可能的功能。它指出,技术无疑使我们的生活在很大程度上变得更加轻松和有趣,但我们不能忘记,技术实力也存在挑战。技术现在已经迈出了下一步,以数据为燃料,并在此基础上,技术正在加紧在政府政策和治理举措领域发挥作用。本文想要强调技术和城市资源治理的重要性,特别是随着气候变化、全球变暖等问题开始更加激烈的讨论。这与高排放水平有直接关系。

能源一直是人类文明成长和进步的关键组成部分。随着时代的发展,利用数据改善人类生活的作用一直受到质疑,食品、健康、交通已经成为人

们讨论的重要领域。然而，当谈到利用最佳方式实现个人能源输出的问题时，大多数发展中国家的治理仍然可以忽略不计。这就是技术的作用变得重要的地方。因此，本文将尝试将食品、健康、交通和能源优化作为四大支柱联系起来，并讨论技术如何在治理的整体过程中发挥作用。这个想法是为了加深对治理如何在整个人类社会中发挥作用以及印度在这些方面所做的事情的理解。在过去几年里，在这个世界上人口最多的国家，众所周知，Aadhar 卡、UPI 已经成为与公民数据管理和金融技术相关的最大的游戏规则改变者之一。然而，粮食生产/农业、医疗保健服务、交通运输以及最后但并非最不重要的城市能源管理领域的技术的出现将发挥非常重要的作用，并且已经对印度的治理和政策决策产生影响。这种变化虽然缓慢，但现在技术在这些治理领域的作用正在显现。

技术和治理范式已经发生变化，这一点在 **Almgren 和 Skobelev, D. (2020)** 的著作中已经很明显。该论文谈到"第四次技术范式（浪潮）（1930-1985），其特点是电力工程、机械制造、新型合成材料和通信设备生产，并促进了消费品、武器、汽车的大批量制造"。客车和卡车、现场发动机、飞机以及计算机和软件产品的重要性日益增加。第四波浪潮的特征仍然存在于所有经济体中，甚至是非常发达的经济体中。第四次浪潮的工业部门是消耗大量自然资源（包括能源）的工业部门。

第五种技术范式基于计算机科学、微电子学、生物技术、新型能源和能源生成、基因工程、材料、卫星通信和太空探索。这也是一个从单一"独立"公司向大、中、小型企业相互交织的电子网络迁移的时期，这些企业在技术、产品质量控制和创新规划等领域密切互动。第五次浪潮的一个显着特征是微电子元件的作用增强。第五范式的优势在于生产和消费的个性化、生产灵活性的增加以及对资源效率的强烈关注。

第六技术范式的起源可以追溯到 2010 年左右。生物技术和纳米技术、基因工程、膜和量子技术、光子学、微机械和热核能正在成为越来越传统的解决方案。专家预计，这些领域的综合最终将带来量子计算和人工智能，并为政府、社会和经济系统带来全新的发展水平。专家预测，第六种技术范式将在2040年后进入成熟期。预计2020-2025年，基于上述基础技术领域成果的新的科学技术和工艺革命将发生。做出这样的估计是有原因的：2010 年，经济最发达国家有20%的生产力处于第四种技术范式，60%处于第五种技术范式，大约 5%处于第六种技术范式。当前，世界经济正在经历结构调整。我们可以尝试预测，在"第一世界"发达经济体中，通过一定程度的纳米技术解决方案，信息技术、通信技术和生物工程将诞生一种新的技术范式，这最终将带来有益的"长期"。

的增长浪潮。油价下跌是"交割"期结束的典型标志;由于创新、资源节约型技术的'扩散'和整体生产能源强度的降低,新的技术范式将呈指数级增长。"

技术与治理的演化是协调关系:

然而,在本文进入讨论的这一部分之前,必须提醒大家的是,印度已经以 Aadhar 卡的形式利用了以数据捕获形式为其 14 亿多公民提供数据的技术。该系统就像美国的社会保障卡一样,已经在印度各地完成。抛开地理、人口多样性以及其他社会因素的事实不谈,本文想引用这一庞大活动的例子,作为如何捕获数据并将其用于治理相关目的的经典例子之一。这在印度政府相关政策的实施方式中已经得到了落实。对于印度数百万人来说,获取普通民众的福利相关数据已经改变了游戏规则。这证明技术和治理现在已经成为我们生活的重要组成部分。就 Aadhar 的总体贡献而言,"每个普通公民的权利"的座右铭确实是正确的。通过电汇,政府存款计划变得更加容易,因为银行账户与 Aadhar 卡号相关联。印度的重要步骤之一是阻止资金转移方面的泄密和兜售者的腐败。这就是技术与政策治理之间相关性的交叉点和转折点。

戴维斯等人。(2012)在他们的论文中指出,"治理可以通过多种机制受到影响,包括军事行动、资金转移、颁布法律文书、出版科学报告、广告活动。不同的治理技术涉及不同种类的资源的产生和分配，既包括金钱或人员等物质资源，也包括地位和信息等无形资源。不同的技术也对被统治者施加不同类型的影响。例如，财务审计作为公司治理的一种技术，可能会受到法律监管和详细自律监管相结合的特别强烈的影响，而环境审计则受到来自更分散的参与者的压力，这些参与者阐明了不太详细的规范。这种治理的运作方式往往非常复杂，这给理解指标作为此类治理技术的作用带来了巨大的实证和分析挑战。"

正如 **Canedo** 等人。（2020）提出，通过"明确定义的治理流程，组织可以通过系统地评估和改进其流程和服务，从而获得比其他组织更好的战略优势，从而使组织表现更好，从而更具竞争力。信息和通信技术（ICT）与改进的治理之间存在联系，为组织和公民提供竞争优势。"如果有人对如何以 Aadhar 卡的形式看待该技术的作用感到困惑，为了澄清这一问题，必须了解该系统的工作原理。它基于生物识别系统，可以捕获所有数据，并且很难复制，尽管可以找到假的 Aadhar ID 卡。尽管如此，由于隐私是一个真正值得关注的问题，印度政府也能够有效地开展与脊髓灰质炎、结核病、水相关计划以及其他福利计划相关的运动。重复工作减少了，冗余不再是一个问题，尽管印度自 2011 年以来尚未完成人口普查，但政府已经获得了其想要开展的大多数主要活动的记录数据。这就是大数据形式的技术理念与政府政策偏好握手的地方。经济的正规化也以金融科技行业进军印度的形式发生。这可以从全国范围内UPI 扫描仪的使用情况看出，其中包括拥有 UPI 系统的无组织部门卖家/供应商。通过这项技术的出现，印度银行和金融体系的正规化已开始采取步骤，该技术在实现金融自给自足和素养方面发挥了重要作用。这些都是技术在印度治理职能中发挥作用且影响力不断扩大的典型例子。

印度在全球南方在技术和治理各个领域的作用

第一个在政策和治理方面得到巨大帮助的部门是食品部门。说到印度及其庞大的人口，尤其是仍然处于边缘地位的人口，政府的重要应用之一就是提供食物。对于像印度这样的国家来说，所生成的数据量及其在食品分配计划中的利用取得了巨大成功。印度自独立以来一直沿用这种粮食分配方式。然而，重要的是要考虑技术影响的增长，政策干预是否真正产生影响。在新冠肺炎相关挑战巨大的时代，数据采集的作用怎么强调都不为过。要捕获关于如何根据生成的信息进行数据管理的实际数据，然后对其采取行动可能会非常困难。然而，对数据对于重大政策决策至关重要这一事实的初步认识不容忽视。早期的伪造配给卡和信息伪造系统至今仍然存在。然而，当涉及到大部分边缘化人群的食品分配时，技术影响的水平和影响已经足够产生。这一点不容忽视，因为它为印度在技术支持下的庞大人口的治理方面提供了方向和目标。

接下来是卫生领域，印度由于其庞大的人口而在该领域面临着巨大的挑战。新冠病毒时代的到来给世界各地带来了巨大的麻烦。这也是技术在制定与健康相关的重大步骤方面派上用场的时候。与此相关的首要问题是提供疫苗。技术不仅对于疫苗的开发发挥着重要作用，而且在疫苗应转发给谁的数据相关治理的出现中也发挥了重要作用。它在跟踪疫苗接种计划以及供应和采购的疫苗数量方面发挥了重要作用。与印度各地流通的大量疫苗相比，疫苗的泄漏较低。这改变了政府的角色及其分发的疫苗（数量超过十亿）。事实上，这是政府在实时跟踪疫苗相关信息方面最大的技术发现。covin 等网站的出现帮助人们为那些能够访问在线相关信息的人进行预约、疫苗的供应。这就是人们如何在真正提出挑战的时刻真正看到技术的作用。因此，重要的是要反映出印度正在采取的另一个步骤是医疗记录。

印度正在实施世界上最大的政府保险医疗计划。我们还向每位受益人提供了一张卡片。同样，在纸面上，甚至州级政府也制定了自己的健康保险计划。卫生部门在数据管理方面非常重要。最重要的是，健康相关数据是私人的，包括维持疾病、疾病或疾病的清单以及政府相关健康保险的覆盖范围。在一个人口众多、数据量如此之大的国家，当数据管理和政策干预对于健康等敏感领域至关重要时，技术和治理的作用绝对是最重要的。疫苗接种、健康相关保险以及保存人口记录的作用也有其自身的风险。当发展中国家试图正确地制定其社会政策时，技术的概念不容忽视。这就是将数据用于政策制定的想法的由来。印度一直处于数据相关政策变化的前沿。这就是大多数技术在定制政策方面的所在，从私营公司到一般政府的想法都是基于人民的更大需求。健康部门是一个令人惊叹的故事之一，它发展成为一个例子，说明有多少数据可以在与健康等主要相关政策领域的治理相关的部门中发挥作用。

在其他领域如交通及交通相关领域，特别是汽车登记、交通罚单以及通行费打税技术已经开始发挥作用。这可以从用于支付通行税的快速标签的形式中看出。技术已经派上用场，让征税变得更加容易。车辆的移动以及与交通违规相关的数据的收集更加容易，使政府更容易跟踪车辆以及可以发起的其他与政策相关的变化。当德里推出奇偶政策时就已经可以看出这一点，但该政策并未按预期发挥作用。然而，在一个真正的领域，可以通过收集的数据以及如何发挥技术影响作用来更有效地进行政策干预。永远不能强调的是，技术不仅仅局限于对电脑、手机、洗衣机、净水器等的理解。除非有信息或数据，否则它们就没有意义。它是基于技术可以提供优势并为政策相关演变的下一步做出贡献的燃料。当有数据支持时，与政策相关的实施和治理的最佳效果肯定会得到丰富。每个公民都是一个数据存储机制，政府可以而且必须在 $21^{世纪}$ 致力于这个机制，这是一本数字书籍。

智慧城市和城市治理的理念取决于技术和治理。正如 Canedo 等人。（2020）表明，"虽然数字技术可以改善城市问题的解决，但智慧城市框架与更普遍的技术意识形态之间的频繁一致性仍然存在问题，影响着我们思考、治理和参与城市的方式。这就产生了一种"智慧心态"，即"城市有责任实现智慧——即坚持技术先进、绿色和经济有吸引力的城市的特定模式，而'多样化'的城市，那些遵循不同发展道路的城市，被隐含地重新定义为聪明异常"。印度政府的政策举措，尤其是智慧城市举措，可以被视为城市管理中技术与治理的并置。这可以在智能废物管理城市中看到，它可以改变印多尔等城市，甚至在新城、加尔各答和班加罗尔等其他地方。

印度技术发展的想法实际上有助于许多政策举措的实施。就探讨技术和治理作用的论文而言，城市管理的理念，尤其是气候相关政策方面的理念值得关注。技术的重要性日益增加，这对于控制和监测排放量至关重要。在像印度这样的国家，碳排放是首要关注的问题之一，理想的情况是对涉及排放的行业、个人以及其他单位利用控制机制。在这里，资源优化和能源效率的首要关注可以提高到一个更好的水平，特别是在城市地区。之前与健康、技术、交通领域相关的讨论都在控制排放相关效率方面发挥着作用，这可以在与创建智慧城市相关的治理中发挥重要作用。印度智慧城市的未来规划正在逐步建立一个以节能城市理念为基础的生态系统和城市环境。它涉及建立一个环保系统，该系统实际上可以建立在节能系统技术的基础上。大多数现代和先进的城市社会已经在利用能源效率的力量，这是协作技术和治理的重要一步。

印度城市面临着全球气温上升、无计划的城市化和不受控制的排放等巨大挑战。为了改善城市治理，特别是在减少污染和控制排放方面，需要大量利用技术。从污染净化器的放置方式就可以看出。它是根据排放相关数据收集的数据提出的。引入技术对于城市治理尤其是地方决策层具有重要意义。治理方面将基于对数据重要性的正确理解而出现。控制空调、电动汽车、自动扶梯、电梯等其他设施的技术都是城市社会的一部分。总体而言，印度城市社会的崛起和发展并不是有计划的，而且是仓促的。这就是公共政策机构的作用需要从城市扩展到小城镇的地方，并为下一步如何采取措施提供技术支持的治理相关事务的增长和演变的方向。这是印度政府自智慧城市规划机制出现以来关注的重点。近十年来，虽然资源利用的优化和统一还有待实现，但也有一些城市显示出了巨大的潜力。

电信业的崛起一直是推动印度信息和电信革命的关键领域之一。正是电信在印度各地的普及和增长，让普通公民和政府能够实现更好的联系。除去英语的精英主义和混乱，甚至其他语言现在也以能够接触大众的方式发挥了作用。移动电话已成为接触农民、其他边缘群体，当然还有城市精英的主要工具之一。然而，在不混淆这三个部分的情况下，如果观察一下农民，那么长期以来，技术的作用可以通过政府向农民提供天气、土壤模式等信息的方式来发现。这是技术和治理如何在发展中经济体的现代社会甚至分层社区中发挥作用的典型例子。当需要影响更大范围时，治理的作用非常重要，而私人参与者的作用也发挥着非常重要的作用。数据速率变得更便宜，可以访问有意义且可以影响更大范围的重要政策。自技术出现以来，印度的农业长期以来一直依赖于基本要素。

绿色革命等政策的兴起是改变印度的技术实力的结果。这是技术和治理如何结合起来形成技术和治理之间桥梁的开创性例子之一。随着技术和政策相关治理的出现，印度迈出了实现粮食自给自足的第一步。这就是技术进步如何、何时、何地发挥作用的原因。印度的一项研究指出，从南半球来看，技术如何在获取数据和信息方面发挥作用。上面提到的食品、健康、交通等关键领域，尤其是与可持续发展相关的关键领域，数据的关键跟踪非常重要。这就是印度利用技术的方式，例如绿色革命、电信革命等。就治理相关问题而言，社会福利、获得政府项目的机会在政策干预中发挥着非常重要的作用。这可以从印度在一段时间内取得的某些重要里程碑的方式看出。然而，印度目前面临的最大挑战是政府如何真正平衡其碳中和目标与可持续发展目标，同时又不妥协发展愿望的巨大挑战。一个来自南半球的国家面临着这一巨大的挑战，这并不容易，但我们的愿望将永远存在。

全球范围内技术和治理的未来：

Mulligan & Bamberger（2018）谈到"城市有责任实现智慧——即坚持技术先进、绿色和经济有吸引力的城市的特定模式，而'多元化'城市，即那些遵循不同发展道路的城市，隐含地被重新定义为聪明异常"

本文并不是提出理论框架或模型。然而，我们的目标是追踪技术在技术帮助治理的演变过程中如何发挥作用。技术和治理的理念是一个一致的过程，每个国家都必须利用它来为社会和人民谋取更大的利益。这就是治理的整体规模如何以技术作为干预力量的形式得到改善和增加。政策相关机制的一个想法是让技术进步渗透到普通公民的价值中。如果追溯自独立以来技术在印度的作用，可以从太空技术、农业和食品相关技术、交通以及能源相关发展的形式看出。这就是技术和治理的故事。此外，这篇文章/论文没有专门关注某一特定领域。它试图提出一种可以建立在过去基础上并为未来提供方向的叙述。在印度，即将出现的最大威胁是未来的挑战，这也取决于政府如何致力于应用能够真正帮助平民的技术。之前已经提到过通过 UPI、银行、卫生相关的技术和政策相关干预措施。

数据隐私无疑是当今时代关注的重点之一。然而，在现代世界，理想的情况是平衡技术缺点的二分法。治理和政策导向的决策不可能没有副作用。这个想法是建立在治理和技术的基础上，提供更好的安全性和资源获取能力，从而创造一个美好的社会。这就是现代人类社会的运作方式，在新时代的技术辅助治理中，政府尤其是城市层面的信任处于十字路口。数据相关治理的另一个关键领域是对数字空间的控制。这就是一个像一把双刃剑一样发挥作用的领域。跟踪互联网相关空间是政策相关问题以及治理决策的一个非常重要的部分。这就是互联网和网络空间时代下一阶段治理的重要意义所在。它包括促进人们的安全以及有保障的环境，特别是年轻人和弱势群体免受网络威胁。在像印度这样的国家，网络欺诈和诈骗是世界上最严重的国家之一，治理职能部门必须非常谨慎地做出政策决定，这一点非常重要。对互联网、WhatsApp 和其他以技术为导向的沟通渠道的控制在这方面也发挥着至关重要的作用。正是由于这种情况，技术和治理的新时代正在兴起。

Hutten（2019）谈到"良好的治理带来良好的管理、良好的绩效、公共资金的良好投资、良好的公共行为和良好的结果。公共服务组织的管理者面临着一项艰巨的任务。他们是负责治理的人——对他们所服务的组织进行领导、指导、评估和监督。他们的责任是确保实现这些组织的目的和目标，并为公共利益而工作。它们必须为用户带来积极的成果，并为资助这些服务的纳税人提供价值。他们必须平衡公共利益与责任和合规性。有明显证据表明，许多人在履行这些责任方面遇到困难。"

案例研究叙述方法：印度的四个城市及其对城市规划的影响

没有提出经验数据或如上所述的理论框架。相反，本文试图追踪治理的演变，它是如何在印度这样的国家形成、形成并演变到未来的维度的。这篇论文讲述了技术和治理的旅程如何在很长一段时间内相互融合。它寻求在与治理合作的过程中衡量技术的发展及其演变方面做出贡献。在学术界的理解中，有一些论文将注意力集中在治理和技术领域，特别是在网络领域和信息技术领域已经发生了变化。同样，甚至在健康和教育方面也开展了工作，尽管似乎缺少对不同部门的综合分析。该论文希望在了解历史演变方面特别关注不同领域，特别是印度。正如前面提到的，它已经根据论文的流程塑造了自己。刚才提到的教育、健康、网络空间、能源等所有重要领域的技术和治理要素，从起源、演变和未来路径都经历了数次转折。在印度这样的国家，这一点更为重要。这个世界上人口最多的国家面临着无数的挑战，实际上可以利用技术进行影响数百万人的政策导向型治理。本文试图反复强调和反思基于技术和治理的交叉点已解决或正在努力解决的细微差别和挑战。就行业而言，上述行业的例子创造了新的方向并开辟了新的机遇。本文希望为未来的研究开辟新的途径，为弥补研究空白提供实证数据，以扩大论文的范围。本文将有助于在印度完美融入的南半球国家树立技术和治理理念。作为一个面临巨大挑战并克服了许多缺点的国家，学者们的著作和本文的摘录提出了亮点技术可能并不是解决所有问题的灵丹妙药。技术在许多领域仍然令人困惑，更重要的是那些应该将其投入工作的人，即我们也在努力正确使用它。人类智能和技术的交叉对于治理将采取的联合步骤的演变至关重要。随着人工智能的出现，数据驱动和基于交叉的政策制定部分有助于政府在主要政策步骤方面进行治理，这将成为技术和治理之间旅程的未来步骤。

印度这样的国家在平衡愿望和环境方面面临的挑战：毫不奇怪，印度城市一直位居世界污染最严重的城市之首。过去十年来，大部分环境报告都是关于印度城市污染程度的报告。尽管污染和气候变化之间通常存在混淆，但情况不应如此。气候变化，尤其是全球变暖，通常被归咎于污染。现在，当谈到如何控制污染、排放和平衡可持续发展时，我们的想法是利用治理和技术的作用。问题始终是如何？该报始终关注印度面临的挑战这一主题。如前所述，本文是基于叙述而非实证的。像印度这样的世界上人口最多的国家面临的挑战是三重前沿，这将在稍后讨论。印度城市一直在尝试利用技术来对抗污染及其附带影响。德里曾尝试首先引入单偶制作为德里政府的施政指令。然而，技术的作用是滞后的。可能会问技术如何发挥作用。首先也是最重要的是，需要跟踪注册到同一地址的汽车数据库，无论其结尾是偶数还是奇数，才能真正使政策有意义。也就是说，如果一个家庭有四名成员拥有两辆车，且车牌号分别以奇数和偶数结尾，则该家庭将根据他们选择的号码只允许取出一辆汽车。这里数据库管理和通过手机支付远程纳税的作用就派上用场了。印度已经掌握了相关技术，但在更广泛的空间实施该技术以应对克服污染相关问题的核心挑战至关重要。印度还一直致力于以世界上最长的地铁之一的形式建设公共交通基础设施。在德里地铁引入无缝票务并保持成本仍然可承受是众多方法之一。接下来再次使用技术来绘制 AQI（空气质量指标），并在敏感区域安装空气净化器，以提高可呼吸的空气质量。这些试点项目已经开始，但它凸显了污染、贫困和人口的挑战。

加尔各答：孟加拉和印度东部地区

如果我们开始关注印度东海岸，那里有加尔各答、布巴内斯瓦尔等重要城市，自然保护、城市规划和技术相关治理的作用非常重要。说到印度东海岸，全球变暖和气候变化现在迫使东海岸城市每年至少面临一次气旋。它不仅给政府带来了巨大的麻烦，而且给重建带来了一些挑战。人们看到，海地、尼泊尔等较贫穷的发展中国家已经首当其冲地受到自然灾害和气候变化的影响。谈到这一现象，西孟加拉邦政府重点关注 sundari 树（

红树林) 的保护 [1]并且种植更多,因为它在减轻每年形成的气旋洼地的蛮力方面发挥着巨大作用。种植的树木越来越多,为东部城市居民区提供了空间,以更少的蛮力应对飓风,尤其是来自加尔各答的飓风。这是本土知识正在付诸实践的一个例子。此外,随着本土知识被付诸实践,利用地理空间测绘已经发现的知识也产生了冲击和影响,而气旋低压技术的位置也在发挥关键作用。治理机制。说到气旋等方面的地理空间测绘,印度已经代表整个南亚主动发射了一颗监测气候、空气污染的卫星。这不仅是一项新颖的举措,而且标志着印度在创建国家品牌方面的重要作用,即国家采取措施帮助其邻国更好地监测气候和污染地图。现在回到最初的观点,保护东部地区城市的想法将取决于根据本土知识采取行动,然后创造技术应用来应对即将到来的不必要的挑战。现在进入印度南部地区,班加罗尔作为城市的另一个叙事案例一直是一系列不同挑战的讨论中心。不过,这会在稍后出现。到目前为止,谈到挑战,加尔各答仍然有自己的问题需要提出。加尔各答是交通拥堵、污染严重的城市之一,为此,将其与技术相结合的明智举措已经开始发挥作用。

---

1. https://scroll.in/article/1032297/in-west-bengal-ambitious-efforts-to-plant-mangroves-yield-limited-results

它以带有空气净化器的智能公交车的形式出现 [2]、回收店和智能垃圾 [3] 印度其他城市也已经开展了收集活动。稍后会详细介绍，但首先也是最重要的是对于像印度这样面临大量挑战的国家的重要性。说到山区，本文将反思德里及其与排放问题和山区垃圾上升有关的巨大问题。继续加尔各答市，该市在空气中的颗粒物方面面临着巨大的挑战。加尔各答作为一座城市，最重要的是它是英国时期建立的一个计划外的城市定居点。与任何其他发展中国家或新殖民国家一样，这座城市始终面临着挑战，但美国、澳大利亚、新西兰和加拿大等定居殖民地除外。现在回到加尔各答，为了克服城市住区不断增长的挑战，卫星城市减少排放的影响和提高生活质量是首要的政策处方。这就是加尔各答市周围的盐湖城和新城等卫星征兵的地方。这些都是规划好的定居点，提供了技术支持的城市生活，并具有投资、扩张和改善的规划和范围。最好的例子是污染水平较低的加尔各答新城。还以城市规划、废物管理以及与论文最初论点的联系为基础，该论点突出了节能、交通

---

[2] https://www.hindustantimes.com/cities/kolkata-news/west-bengal-govt-launches-buses-with-air-purifiers-in-kolkata-to-beat-pollution-101686042102914.html

[3] https://timesofindia.indiatimes.com/city/kolkata/new-town-gets-one-stop-waste-to-wealth-store/articleshow/78689888.cms

和数据管理对城市生活质量的影响，这一新的发展可以作为新的例子。

班加罗尔：印度的硅谷

这将使我们从该国东部地区转移到该国南部地区，即班加罗尔或班加罗尔。在那个城市，尽管有共同的主题，但仍面临着不同的挑战。不断增加的城市居民点、无数仓促而拼命的建设给这座城市带来了另一组挑战。这座城市作为科技中心的崛起，将曾经的军营定居点建成的印度花园城市变成了现代城市定居点。然而，与生活质量和应对城市人口激增相关的城市问题的水平仍然不够。[4]。班加罗尔作为一个案例，凸显了快速城市化、城市排放问题以及处理生活质量、可持续发展和排放问题。所有这些都可以通过倡导和关注公共交通来研究和解决。在这一领域，印度公民效仿西方社会早期的物质主义，渴望拥有私家车，而且政府缺乏对公共交通（尤其是公共交通）投资的举措，尤其是五年前的公共交通，这些都对班加罗尔造成了伤害。班加罗尔公共基础设施的改善似乎是最近五年才出现的。这本身就带来了城市住区的进入和城市空间的问题。班加罗尔效仿全球乃至印度城市的举措，最终试图采取协调一致的应对措施，其中涉及与加尔各答讨论的政策处方相同的政策处方。无论如何，班加罗尔处

---

[4] https://bengaluru.citizenmatters.in/making-sense-of-bengalurus-messy-urban-development-data-117710

理城市问题的方式似乎还没有完全理解处理其问题的方式。随着城市生活日益复杂的挑战,这座城市已经面临着越来越大的压力。无规划的城市化是一个严峻的挑战,只能通过城市规划组成部分的数据治理、廉洁管理和技术管理来解决。然而,说起来容易做起来难,这不仅仅是写在一张纸上。这个想法应该是重新分配人口,减少私人交通,然后获得公共基础设施项目的投资。从表面上看,这些投资是针对公共交通的,以实现交通的便利和流动。班加罗尔是在蓬勃发展的城市化进程中首当其冲而没有提前规划的城市之一。城市治理的基础设施和技术桥梁无疑是印度需要为子孙后代照顾的事情。班加罗尔是城市资源管理不善导致问题的典型案例。讽刺的是,尽管被称为"印度硅谷",但城市规划仍需更加完善和精准。班加罗尔虽然不属于严重污染城市的范畴,但它也面临着交通拥堵和城市便利设施方面的挑战。技术和治理的作用集中体现了良好生活质量的理念如何依赖于发展城市设施,这也可以减轻全球变暖以及城市交通、排放和人口压力加速的气候变化的影响。在城市环境中,建立可持续发展机制,特别是针对印度城市已经提到的一点将集中于即将到来的挑战和压力。水体改造、鼓励使用公共交通、抑制私人交通以及改善城市基

础设施 [5]。这是城市基础设施发展和城市发展的前进方向，可以引导印度在 2070 年实现碳净中和的目标。在快速城市化以及已经出现的极端挑战的背景下，挑战是极端的。班加罗尔可以从推行简单但可实现的智能解决方案中吸取教训。交通系统、能源监测和城市规划已经在技术与治理的协调努力方面得到了讨论。接下来是可以制定政策处方的简单步骤的问题。

孟买：印度西海岸最大的城市

总而言之，这一叙述可以延伸到印度西海岸，重点是孟买。由于人口激增和包括住宅问题在内的公共基础设施老化，孟买是印度乃至世界上最拥挤、受影响最广泛的城市之一。孟买代表了当今时代城市发展的挑战，但没有放缓或懈怠。这座位于印度西海岸的城市有巨大的问题需要解决，特别是因为该城市容易受到城市人口压力、海平面上升以及住宅问题带来的基础设施噩梦的影响。孟买已经开始从三方面着手开展工作。第一个是填海造地，建设交通项目和基础设施。这对于减轻交通压力具有重要意义，交通压力一直是一个问题，因为道路无规划、缺乏开放空间以及道路上私家车的增加。这就是第二个方面的意义所

---

[5]https://bangaloremirror.indiatimes.com/bangalore/civic/bengaluru-we-have-a-problem-its-our-lakes/articleshow/97289067.cms

在，即推动公共基础设施尤其是交通的积极扩张。孟买一直面临当地火车网络过度压力的冲击，人们来自人口压力极大的郊区。这就是快速公共交通的扩张发挥重要作用并受到关注的地方。其次是孟买的城市生活质量问题，该问题在很多方面都很严重和极端。孟买拥有亚洲最大的贫民窟，这一点并不令人羡慕。这就是卫星乡镇和城市的发展在减少城市沉降和减少占地方面发挥重要作用的地方。新孟买就是该项目的一个例子，它具有更好的空间管理、改善的公共设施和更低的城市排放。连接两个城市住区是孟买迈出的第一步。类似的项目正在加尔各答、德里甚至班加罗尔和其他这里未提及的城市进行。印度希望将自己打造成一个超级大国和一个自豪的新兴国家，但要做到这一点，首先要克服政治和社会经济挑战需要关注的是为公民提供良好的生活质量。如果以物质拥有来衡量生活水平，可以在达拉维贫民窟（亚洲最大的贫民窟）中找到。然而，如果人们参观机场附近城市边缘的蹲式房间，就会发现那里到处都是居住区，这些居住区可与其他发展中国家对抗城市贫困以及随之而来的一系列新的城市挑战相媲美。 。孟买和印度政府需要并且在一定程度上一直致力于创建一个可以变得更好的城市，或者为下一代提供更好的生活前景。与印度其他城市一样，孟买市也被称为最大城市，它面临着公民可能不负责任或缺乏知识或意图的问题[6]。发展中国家的城市面临着公民积极参与或缺乏参与的道德素质和教育的问题。孟买很可能属于这一类别，也可以说是印度的其他城市，但孟买的这个问题可能非常明显。新冠疫情期间，印度出现了纪律、积极的公民参与以及技术和治理的作用。这就是每个印度城市的故事如何向前发展，尽管也存在根深蒂固的腐败和其他问题。在印度这样一个人口过剩的国家，就业机会或就业来源都位于大都市周边，城市移民的推动力已经被充分强调。资源配置对于应对 21^{世纪}的挑战至关重要。印度是一个面临众多挑战的大国，本文引入了该国四个主要城市的叙述，这些城市的共同主题是城市人口压力、公共交通设施和城市基础设施的缺乏。孟买和上面提到的其他两个城市一样一直关注这一点，但在这一切之中，本文不想忽视技术和治理的作用。正如之前所讨论的，孟买面临着如此多的挑战，但现在已经变得更加强大。即将于今年晚些时候开放的沿海公路项目等新项目是创新基础设施发展的现代范例，它将减少出行时间。交通数据记录和激励惩罚方面的便捷出行概念也可以在缓解城市生活压力方面发挥关键作用。至于城市重建，整个达拉维贫民窟现在正在进行空间分配方面的重建，并在提供基

---

[6] https://m.timesofindia.com/city/mumbai/how-planning-and-development-of-mumbai-can-involve-citizens/articleshow/100691710.cms

本设施的基础上进行重新设计 7。这些都是在南半球严重拥挤的城市打造新生活体验的小而关键的步骤。就城市挑战而言，这让我们最后但并非最不重要的是德里。

德里及其首都的难题

德里是一座古老的城市，代表着悠久的历史，但也提醒人们停滞、人口过多、麻烦的城市生活。新德里是新版的城市，作为解决城市危机和问题的城市住区而出现。德里一直被列为世界上污染最严重的城市，对此已经采取了一些措施，但尚未证明是不够的。增加电动公交车、燃气公交车的数量以减少化石燃料排放仍然被证明是很难减少的。这与城市密度、私人交通以及前面提到的其他城市的因素有一定的共性。然而，在印度所有城市中，德里的城市交通覆盖时间最长。然而，真正的问题在于工业排放以及来自德里周边各邦的农业相关排放。说到这一点，让我们尝试重新回到技术和治理的作用主题，特别是与全球变暖、气候变化和城市管理问题相关的主题。德里可以成为这一举措的典型例子，印度政府如何在其中发挥作用。德里政府一直在与邻国合作减少

7https://asia.nikkei.com/Spotlight/Asia-Insight/Mumbai-slum-residents-stand-up-against-Adani-s-redevelopment-plan

排放并做出适当的政策调整 [8]。技术可以通过地理空间成像、热图绘制和引入安装除湿器、空气净化器的政策，以前面提到的方式发挥关键作用。虽然这些都是耗资巨大的计划，但它是可行的。事实上，世界银行已经提供了一定的贷款，以实施基于这些项目的某些基础设施。技术实施的其他关键作用将基于德里周边工业区的碳信用额和绿色激励计划，这些工业区已经污染了德里河、亚穆纳河，并成为世界上最有毒的空气之一的根源。缺乏更大规模的主动性来处理此类问题已经造成了很多问题。城市垃圾管理问题是德里的另一大难题，德里郊区垃圾山不断上升。这可能是技术和循证治理发挥作用的主要领域。这是因为在像德里这样面临多重挑战的城市环境中，问题始于缺乏规划和投资。就废物管理而言，在同一个国家，像印多尔这样的城市虽然人口较少且拥挤，但初创公司正在致力于废物分类。必须说，德里是那些时间确实是借来的城市之一。德里政府在与中央政府的官僚斗争中错过了许多至关重要的政策实施。技术和治理的作用是解决问题的关键，但仅仅纸上谈兵是行不通的，以公民为中心的治理仍然缺乏落实。除了全球变暖和气候变化这一现实问题之外，德里作为印度的首都还面临着社会经济和政治问题。需要采取多管齐下的

---

[8] https://www.newindianexpress.com/cities/delhi/2023/may/16/experts-brainstorm-on-strategies-to-improve-air-quality-in-delhi-2575552.html

方法来解决印度的城市挑战问题。德里政府试图增加对公共交通和基础设施发展的投资，但仍显不足。更不用说农业废弃物排放和工业带排放问题了。这种对特定大都市的压力在全球范围内都存在，但中国、印度和亚洲总体的人口压力使其变得更加困难。现代印度的人均排放量仍低于美国和欧洲其他西方国家。德里一直未能兑现创建一个能够达到允许的生活标准的城市的承诺，特别是作为印度的首都和政府行政总部。事实证明，这是一个失败城市的海报形象，虽然以德里为中心的印度国家首都地区周边的规划城市如诺伊达和昌迪加尔已经出现，但德里一直缺乏建设可持续发展城市的问题。[9]

印度引领从亚洲到世界的道路，实现可持续的全球未来的希望：

因此可以说，在不久的将来将会出现一些挑战。印度的一项研究凸显了城市规划的挑战。全世界必须团结起来，特别是亚洲国家需要为此采取更有力的举措。尽管非洲其他大陆特别是萨赫勒地区也面临严重干旱，巴西亚马逊雨林也面临森林火灾的破坏。占人类 $2/3$ 的大陆需要发挥关键作用，其中人口最多的国家印度及其邻国人口第二多的国家中国发挥着如此重要的作用。智能城市规划

---

[9] https://scroll.in/article/1036752/state-pollution-control-boards-in-india-neither-have-enough-staff-nor-expertise

、河流生态系统管理，如 **Nawami Gange 项目（恒河复兴）** [10]被联合国列为世界十大可持续发展项目之一，可以成为变革的灯塔。挑战将非常激烈，单靠政府无法发挥作用，公民需要更加积极主动，因为未来世界的负担将落在中国、印度和美国这三个人口最多的国家身上。因此，印度在其当前与环境保护和可持续发展相关的雄心勃勃的计划中提出了**诸如 LIFE（环境生活方式）等**倡议 [11] **和国际太阳能联盟（ISA）**。[12]这两项举措与政府一起推动减少汽车化石燃料的使用，并用甘蔗废料制成的乙醇等生物燃料取代。**FAME（更快地采用和制造电动和混合动力汽车）** 也推动了电动汽车的采用[13]方案。尽管电动汽车能否降低污染水平尚未得到最终证明，但它正在一步步实现到 2070 年将排放量降至净零的宏伟目标。对于像印度这

---

[10] https://avenuemail.in/global-recognition-to-namami-gange-programme/

[11] https://www.thehindu.com/news/national/pm-modi-launch-mission-life-presence-un-secretary-general-antonio-guterres/article66035847.ece

[12] https://www.pv-magazine-india.com/2023/06/15/india-france-discuss-isa-priorities-for-acceleating-global-energy-transition/

[13] https://m.timesofindia.com/business/budget/govt-budgets-for-green-growth-but-experts-call-it-inadequate-to-tackle-air-pollution/articleshow/97559795.cms

样的国家来说，这是一件大事，即使从目前的排放数据来看，它也是大国中人均排放量最低的，也是唯一符合 **2030 年可持续发展目标**的国家之一。还有很长的路要走，但印度即使在古代就已经有了使用可持续和可生物降解的资源的知识和理念，例如牛粪中的烹饪气体，被称为更美观的生物废气。印度肩负着当今世界和当代人类文明不断前进的责任。来自印度小城市的清洁技术和农业初创企业正在努力帮助解决未来的挑战。这就是印度在 21 世纪前进的大局中试图在一个快速发展的国家的理想需求与维持可持续发展的挑战之间取得平衡的方式。印度除了地理现实之外，还拥有多样化的陆地和种族多样性，这就是这种情况。甘地曾经说过：***"我们拥有的东西足以满足每个人的需要，但不足以满足一个人的贪婪"***。这种甘地哲学不仅需要印度遵循，而且需要所有国家遵循，但最重要的是印度，因为上述原因。简短地说，最后得出结论，这是一篇反思性叙事结构化论文，论文的未来方向可以回顾提到的这些观点，并继续用实证数据来通过实证研究结果在一定程度上证明和反驳论文的叙述。

第二单元：亚洲

亚洲及其经济一体化全球化不断发展的各个方面

介绍

根据耶稣基督的生平,将一个时代分为公元前和公元后两个时代的想法很流行。一位标志性的救世主将全球历史分为两个不同的领域。一个是在基督诞生之前,另一个是在他去世之后。现在,全球新冠肺炎大流行也可以用同样的方式来看待。我们可以用类似的方式看待一个是在covid19大流行之前存在的世界,另一个是现在,当我们仍在这个过程中并寻找一个可以被认为是后 covid19 的时间段时(Yunling,2015)。这就是新冠疫情过程中全球政治、经济、社会观念发生转变的地方。在一个出现大量一体化和全球化步伐加快的世界里,可能会留下巨大的漏洞。今天,在这场不可预见的大流行病时期,世界政治以及与之相关的经济、贸易和社会也在发生变化。有人可能会说,如果世界卫生组织从 15 世纪的^{黑死病}时代到 20 世纪的^{西班牙流感}就存在的话,世界就面临着流行病,这些流行病可以被称为大流行病。然而,当今世界不仅人口更多,而且最重要的是联系更加紧密,其影响将毫不夸张地影响深远。

本文的想法是了解"*新现实主义是否是席卷亚洲的新现实主义*"。这是本文研究的核心问题。本文将深入探讨后疫情时代的世界以及亚洲作为两个金砖国家最重要的参与者的新兴趋势。

北半球与南半球

新冠危机诞生于全球化已经崩溃的时代（如果不是完全粉碎的话）[14]。世界曾一度面临多重挑战。世界大战或流行病加上经济衰退、社会紧张局势一直在世界历史上蔓延。然而，存在一个问题，即一方面全球化已达到极限，另一方面基于不信任和猜疑的脱钩（如果不是史无前例的话）的对比时代的世界绝对是当代的新事物。新冠肺炎疫情是打破障碍、开创世界新篇章的时代之一，世界分为"全球北方与全球南方发展议程"的地缘政治和/或"世界东部地区的社会经济和文化冲突"反对西方"。在所有这一切之间，有一个重要的问题需要问，即领导世界的责任是否不仅仅是由一个单一的霸权国家领导，而是由一群处于集体地位的国家领导世界（Chee，2015）。这一想法还有一个延伸，即全球划分为南北、东西方的全球象限是否正在重新审视或修正。这是一个傲慢和虚荣的西方国家可能无法应对的挑战，但也许会寻求一个新的全球秩序。

理论框架

本文的理论框架基于"地域化"的概念。印度和中国如何利用保护本国主权的概念是本文的一部

---

[14]（Steven A. Altman, 2020）"Covid19 会对全球化产生持久影响吗？

分。该文件试图推进的另外两个方面是"去领土化"和"重新领土化"的概念，即在物理、经济或文化方面丧失领土，另一个方面是在领土上重新获得领土的过程。影响力不存在，在物质或社会经济和文化时代方面被削弱或丧失。

经济一体化

现在最重要的问题是全球一体化的经济和政治方式。这个想法是关于当前的全球流行病如何造成新一波的社会经济动荡及其影响。现在，如果我们缩小这个全球体系的范围，那么让我们将其缩小到处于全球变化局势中间的大陆。处于疫情浪潮变化风暴之中的大陆将是亚洲（Zhao，2020）。亚洲大陆有着丰富的历史，长期以来一直处于全球文化和政治叙事的前沿。如果我们回顾全球人类文明史，无论是*印度河、美索不达米亚、苏美尔、中国乃至埃及等古老文明，甚至将埃及视*为西亚的延伸，显然，曾经有过亚洲大陆。世界文明进步的杰出人物。只有希腊和罗马文明可以看出是从西方世界诞生的。即使就文化领域而言，无论是*日语、汉语、印度语、波斯语、阿拉伯语、土耳其语，甚至俄罗斯语，*都充当了从东部或亚洲进入西方的桥梁，这证明了亚洲大陆一直是世界上最重要的地区之一。人类文明文化缩影的关键驱动力。因此，亚洲具有独特的重要性。

现在谈到亚洲，被殖民者称为*中东的西亚地区*具有非常重要的作用。它是世界上最重要的战略地区之一，当然也是西方列强仍卷入其中的亚洲最重要的战略地区之一。争取正义、民主和改善人民生活的斗争是他们自己的斗争。疫情期间，黎巴嫩局势动荡，巴勒斯坦局势担忧，经济威胁迫在眉睫，*2020 年迪拜世博会推迟至 2021 年举行*，甚至*卡塔尔 2022 年足球世界杯也被推迟*。因此，连接欧洲、非洲和亚洲的亚洲西部地区也具有非常重要的供应链作用。对伊朗或沙特阿拉伯内部政治的制裁，尤其是在当前时期，可能会造成灾难性的后果。以色列和巴勒斯坦问题的紧张局势[15]除了黎巴嫩之外，约旦脆弱的经济，当然还有正在未知重建道路上遭受重创的伊拉克和叙利亚，这些都是最紧迫的问题，没有长期解决方案，而全球大流行病只会让事情变得更糟。说到灾难和全球大流行，目前最严重的人道主义危机是也门，但中东的挑战尚未结束。现在是世界以新的眼光看待世界这一地区的时候了[16]

现在的问题是，在本文尝试更多地研究亚洲并深入研究西亚和亚洲其他地区之前，必须了解亚洲及其重要性。亚洲政治和当今世界的联系可能比世界其他大陆更加紧密。如果我们看看欧洲其他大陆，欧盟本身就是一个总体上正在关闭的联盟。更不用说英国脱欧现在已经完成。大西洋的更深处有美洲号。在北部战线，美国在数量上肯定

---

[15]（丹尼尔·阿维拉和比安卡·法拉利，2018）"以色列和巴勒斯坦是现代殖民主义的故事"

[16]（Navdeep Suri 和 Kabir Taneja，2020）取自 The Hindu.com："在大流行危机中架起了与西亚的桥梁"

受到了新冠病毒危机的影响。美国在大流行防范方面被评为最好的国家,但在现实世界中,这个所谓的自由世界的捍卫者却一直在努力遏制新冠病毒。另一方面,加拿大从未真正成为全球参与者,但就国内生活质量标准而言,他们保持了自己的地位。即使在 Covid-19 大流行期间,尽管加拿大最初遭受苦难,但由于人口数量减少和其他措施,加拿大仍设法重回正轨 [17]最后但并非最不重要的北美大陆是墨西哥,它仍然是一个新兴经济体,但分别被繁荣强大的加拿大和美国包围。更不用说它在全球政治中的作用已经因为上述两个国家而受到严重影响(Velasco, 2018)

北美洲的尽头、南美洲的起点之前是中美洲的一小部分。该地区类似于印度次大陆,但划分范围要小得多,分为贫困的"香蕉共和国"和巴拿马这样的例外,巴拿马是由于美国的资金而发展起来的。在加勒比海地区,一些岛屿陷入困境,如海地或迷失的古巴,而另一些岛屿则因疫情而受到威胁,但仍在繁荣,如多米尼加共和国、巴哈马等。问题可能是这些在全球背景下为何以及如何重要。这将在稍后得到解答。现在继续向南,美国南部曾被视为世界新兴地区社会主义和平等社会的新希望。在这个社会中,殖民主义的旧伤,甚至更古老的文明及其思想可以并置,南美洲

---

[17] (Raluca Bejan 和 Kristina Nikolova, 2020) 取自达尔豪斯大学"加拿大与其他国家在新冠肺炎病例和死亡方面的比较"

可以发挥重要作用。然而，从阿根廷的货币危机到巴西的贫困和贫困，再到更长期的颓废，南美洲已经失败了。尽管阿根廷和巴西这两个大国存在竞争，但人们对它们的期望却有所下降。尽管像秘鲁、智利这样的国家尽管存在问题，但经济增长了，但就其对拉丁美洲的涓滴效应而言，它们的**繁荣**几乎不重要。

美国北部和南部以及中部和加勒比地区的概念贯穿了许多国家及其各自的角色、愿望、成功和失败。现在，如果我们回到亚洲，最重要的是亚洲西部地区，自殖民时代以来也被称为中东（斋月，2018）。然而，就像这篇文章环顾美国一样，虽然简短，但主要的背景是引起人们对亚洲如何以及为何成为世界上最重要的角色之一的关注。现在回到中东，该地区可以发挥重要作用，因为它是主要的接触点，在安全方面仍然主要将亚洲地区与西方联系在一起。西亚发生了剧变，人为边界的国家与殖民政权的关系更加复杂。然后是治理和民主的重要方面。这个地区不仅对亚洲很重要，而且对整个世界也很重要。因此，西亚一直是世界的重要地区，其动荡的本质也驱动着当时世界的地缘政治。现在的问题是，这个自历史以来一直处于动荡中心的地区如何才能共同走向和平与繁荣。对于历史上冲突盛行的这个问题，没有一个简单的答案。

西亚历史上的冲突因能源政治和殖民姿态而变得更加复杂。曾经进入并统治当今国家的欧洲列强已经凭借自己的权利成为独立和自豪的国家。然而，中东世界一直因宗派主义、宗教分歧而分裂，这始终将人民的声音抛在身后。局势是由独裁政权控制的，他们超越宗教、政治观点等界限来管理人民。这些属性始终允许外部干预，尤其是美国和俄罗斯这两个世界强国的干预。这个被称为亚洲世纪的世纪，在过去的二十年里，亚洲确实也在朝着实现这一目标的方向前进，但需要将西亚视为亚洲团结的第一步。西亚地区国家饱受战争蹂躏，也是亚洲两个伊斯兰强国之间代理人战争的战场，这对非洲大陆来说并不是一个好兆头。能源路线和该地区的重要性不只是对亚洲和世界而言 [18]这个拥有世界上一些最富裕国家的地区也成为难民流入最多的地区之一，尤其是欧洲。这些是一些需要研究和解决的最大问题，尽管这需要大量时间

亚洲经济一体化

现在，如果我们进入亚洲其他地区，那么它可能是中亚，因为它也是欧洲与亚洲的桥梁，更不用说它是俄罗斯的后院。尽管能源丰富，中亚却较为平静。更不用说存在政治混战或更确切地说是军事实力的展示，但那里的政治平衡是如此有利于俄罗斯，以至于对世界几乎没有任何影响。就其对亚洲的重要性而言，中亚地区曾经是丝绸贸

---

[18] (F. Rizvi, 2011) 访问 onlinelibrary.wiley.com "超越文明冲突的社会想象"

易的主要中心，后苏联政权成为能源政治的温床。俄罗斯试图控制该地区，甚至采取激进的行动。2008 年，格鲁吉亚遭到俄罗斯袭击，但世界和格鲁吉亚邻国一样保持沉默。目前，在新冠危机时期，中亚地区受到的影响相对较小，土库曼斯坦等国家已经处于正常情景模式。现在的问题是，中亚在后苏联政权下变得比以往任何时候都更加重要。答案是肯定的，但仍然受到俄罗斯的影响。这使得亚洲的这一地区成为全球政治中非常重要的参与者（外交政策，2020）。中亚地区的想法是在保持各自地区发展的同时制衡俄罗斯。这可能归因于阿塞拜疆等某些国家，而哈萨克斯坦、乌兹别克斯坦等国家仍在保留主权。

现在的问题是，是什么让中亚地区如此重要，以及它可以采取哪些步骤来促进亚洲内部的更大繁荣与合作。这需要这些中亚国家团结起来。尽管它们是*欧亚联盟*和*上海合作组织*的一部分，但这两个组织都表现出截然不同的主张。前者更像是一个旨在让俄罗斯保持主导地位的联盟。而后者则更加多边化，拥有多个参与者，其中包括中国、印度、巴基斯坦，当然还有俄罗斯。因此，这是一个可以作为第一步利用中亚建设能源基础设施项目的平台。这可以被视为第一个平台，尽管玩的是真正的政治游戏，但亚洲的共同繁荣，特别是在能源安全方面，可以从这里得到解决。大多数中亚国家不是靠民主运作的，或者是伪民主的，但要避免动乱，一切都取决于发展工作的持续进行。在繁荣方面，有一些国家处于领先地位，但中亚的一些国家的人类发展水平仍然较低，尽管印度本身也面临人类发展挑战，但像印度这样的国家可以进入。更不用说中国已经在他们的邻国进行投资，但可能不想惹恼俄罗斯，因为俄罗斯认为中国是他们的专属后院。

亚洲能源走廊的理念以及最重要的能源贸易动态是中亚地区最重要的地方。如果我们看看中亚国家，其中也包括大多数以*"斯坦"*结尾的国家，如塔吉克斯坦、土库曼斯坦、哈萨克斯坦、乌兹别克斯坦，其中哈萨克斯坦也是一个大国，该地区还有很多东西可以发挥。他们的贸易伙伴可以更多是亚洲国家。中国已经在这些国家进行了大量投资，更不用说印度也在新冠大流行前从能源和安全政策方面关注该地区。然而，在这次大流行之后，所有国家的平衡都会发生变化，特别是亚洲国家可以发挥更多的桥梁作用，推动"亚洲能源圈"的发展（Ramadhan，2018）。从沙特阿拉伯、卡塔尔、伊朗等西方国家到乌兹别克斯坦、哈萨克斯坦等中亚国家，甚至南亚和东南亚，亚洲能源生产国的整体想法可能看起来很牵强，但却是可能的。事实上，就像中国和印度在亚洲和欧洲之间运营的货运列车一样，也可能以能源管道的形式成为现实。投资已经发生在一些领域，但还有更多领域值得期待。伊朗及其恰巴哈尔港已成为一条新的能源和贸易路线，以务实的方式克服西方的制裁。

整个中亚地区一旦开始建设基础设施,虽然不仅仅是中国以"*一带一路*"倡议形式梦想的项目,但在这些方面是相似的,而且更具包容性。中亚可以成为亚洲梦想确保能源、基础设施发展以及最重要的是为人民生活带来繁荣的平台。一些国家已经能够做到或正在过程中,而另一些国家似乎仍在掌握自己作为一个国家的身份,他们可能需要更多时间来找到这个方向(Narins & Agnew,2020)。然而,重要的一件事是要注意基础设施加上能源贸易和平衡的地缘政治观点可以带来该地区的繁荣[19]。尽管亚洲在过去 40 年左右的时间里在经济增长和减少贫困方面取得了良好的成绩,但未来的经济发展道路还很广阔,但仍需更上一层楼。这就是中亚发挥作用的地方。欧洲在能源方面依赖俄罗斯,但也与其他中亚国家进行贸易。但就亚洲而言,中亚国家有很多市场值得关注,也有前面提到的合作潜力,可以将这一地区建设成为亚洲各地的互联互通之地。经济繁荣促进大陆发展的共同愿景可以实现这种联系。

如果我们继续在经济发展和繁荣的背景下离开中亚,那么就必须把目光投向东亚地区。就人均收入和发展而言,尽管仍略落后于西欧、美国、加拿大、澳大利亚的人均收入,但毫无疑问,亚洲

---

[19](埃莉诺阿尔伯特,2019)访问自 Thediplomat.com "俄罗斯、中国的邻国能源替代品"

的这一地区已经真正超越了亚洲梦。除了欧洲和美国之外,早期工业化的亚洲部分地区通过东亚奇迹达到了亚洲成功的顶峰。[20] 。纵观东亚地区,我们会发现像欧洲大陆这样的小国家,但像日本、韩国、台湾、香港、澳门等这样的工业化或商业中心。亚洲东部有唯一一个能够抵御西方列强的亚洲国家,事实上,日本本身就是一个帝国主义国家。这个国家在第二次世界大战期间因臭名昭著的核灾难事件而遭到破坏,但后来成为亚洲主要的制造中心之一。如今,日本正与新冠肺炎疫情作斗争,同时也对东京奥运会能否举办感到更加焦虑。奥运会已经推迟到明年,复兴日本的新安倍经济学重返制造业和服务业经济,面临着挑战。

现在最重要的问题是,东亚能在哪里崛起,引领亚洲乃至世界进入下一个阶段。这就是"中国"的角色发挥作用的地方。从古至今,除了殖民统治外,这个国家一直是世界的一个重要组成部分。中国拥有悠久的文明和丰富的文化,有着悠久的创新历史,而当今的中国已经能够承担起世界"制造商"的责任(明浩,2016)。量子跨越的时间框架,超越了今天的工业化西欧国家,中国

---

[20] (Birdsall、Nancy M. Campos、Jose Edgardo L. Kim、Chang-Shik Corden、W. Max MacDonald、Lawrence Pack、Howard Page、John Sabor、Richard Stiglitz、Joseph E. 1993)取自 documents.worldbank.org 东亚奇迹:经济增长与公共政策"

是世界上第一个能够以其庞大的商业和贸易规模将亚洲推向分裂的国家，并将权力平衡从西方转向"*轴心*"*亚洲*"[21]。人们对中国提出了一些问题，无论是地缘政治、侵犯人权还是重要的是其内部政治机制，但毫无疑问，今天的中国是亚洲政治的中心，也是唯一一个挑战西方军事力量的新兴大国。出色地。但更重要的问题是，中国是否是和平崛起，亚洲其他国家也能站出来支持中国。虽然这个答案非常笼统，但它仍然可能被视为许多亚洲方面阻碍"亚洲和平镜头"的答案（Lu et al.2018）。

东亚奇迹使韩国、日本和中国等国家摆脱贫困，跻身当今世界最重要的经济强国。这就是东亚在当前新冠大流行和大流行后引领亚洲的作用变得非常重要的地方。韩国已经成为一个成功的案例研究。同样，中国虽然因最初在让世界了解病毒方面保密以及允许病毒传播而受到批评，但仍然按照其记录成功地控制了病毒感染。尽管中国同时深陷外交和地缘政治紧张局势，但其作用仍远未结束。中国试图通过赠送口罩和其他抗击新冠病毒所需的设备来维护自己的声誉，但中国作为民族品牌的声誉受到了一定的损害。对于中国来说，这里有一个非常重要的背景，而不是在所谓的"战狼"外交中表现得咄咄逼人（CNN.com）。

---

[21]（Premesha Saha，2020）访问自 orfonline.org "从'转向亚洲'到特朗普的 ARIA：是什么推动了美国当前的亚洲政策？

以侵略为后盾的外交,但中国可能有一个正在失去的机会来拉近与亚洲国家的距离。中国已经失去了他们曾经拥有的主动权,现在非洲大陆正在寻求摆脱他们的影响力(Liang 2020)。这可能会持续很长时间,但中国的工作现在就开始了。

亚洲国家同中国的合作只能从真诚合作开始。在国际关系领域,"真正"一词在这里可能显得乌托邦或不现实。然而,如果中国能够建立亚洲国家的信心并软化它们的领土野心,这是可能的。另一方面,日本、韩国一直在努力解决各自的分歧,但韩国也需要对朝鲜民主主义人民共和国(朝鲜)保持警惕。香港的骚乱事件以及中国最近通过的香港法律削弱了香港的自治地位。中国对台湾的姿态也遵循同样的路线。这些以中国为中心的刺激因素也在推动着亚洲政治。只有当其他亚洲国家能够团结起来替代中国的主张时,亚洲才会出现重大政策转变,否则,如果中国改变上一段提到的方式的话。考虑到中国版的"真正的政治"(Johnston,2019),第二种选择绝对是一个牵强的选择,而且更加乌托邦。然而,回到第一个叙述,如果在大流行后的世界中考虑亚洲团结的想法,那么在大流行后的世界中,投资、贸易和经济需要比利润更多地考虑,这是可能的。东亚邻里合作轴心可以辐射到整个大陆。

尚未讨论的亚洲部分是东南亚和南亚。如果我们看这个地区,当今亚洲乃至世界的地缘政治都以这两个重要地区为中心。如果我们开始关注东南亚，就会发现该地区能够以东盟的形式组建次区域集团，效果良好。该地区可分为三类国家，其中一些国家是高度发达国家、发展中国家和最不发达国家。最发达的可能是新加坡、马来西亚和文莱。与印度尼西亚、越南和泰国相比，菲律宾正在发展中，并且已经在亚洲和不断增长的全球经济中占有重要地位。最后但并非最不重要的是柬埔寨、老挝和缅甸是最不发达的国家。如今，亚洲这一重要地区堪称新的"亚洲经济泡沫"。新加坡甚至马来西亚等地已经成为服务和银行中心。他们有自己的内部种族分歧，这在马来西亚更为明显，在大流行爆发之前，马来西亚一直在经历政治动荡，并且仍在继续。另一方面，文莱是一个石油资源丰富的国家，也有一个非常伊斯兰化的社会。文莱位于东南亚，就像西亚国家的缩影。因此，东南亚这些富裕的经济体在亚洲大陆的投资和贸易方面具有重要作用（黄，2016）。

另一方面，如果我们看看泰国、印度尼西亚、越南和菲律宾等发展中国家，它们不仅有经济上的需要，而且有安全上的责任。不幸的是，它与中国这个亚洲国家有关。南海地区再次将中国作为控制南中国及其所谓资源的共同因素[22]。上述四个国家在地缘安全政治方面有着非常重要的背景，

---

[22]（Rahul Mishra，2020）取自 Thediplomat.com "中国在南海自残"

其中包括美国、印度、日本、韩国甚至澳大利亚等。越南的经济增长无疑已成为亚洲的新话题，菲律宾也同样如此，尽管该国贫困、总统脾气暴躁、社会问题多，更不用说迫在眉睫的伊斯兰国威胁仍在试图增长，尽管还有很多工作要做。接下来是泰国，尽管面临自身的经济挑战和政治动荡，但泰国一直在亚洲国家投资基础设施项目。泰国一直是重要的贸易相关国家，在亚洲贸易中转方面占有重要地位。这就是泰国与其以旅游业为基础的经济的重要性所在。最后但并非最不重要的是印度尼西亚，它被誉为除印度之外的亚洲下一个大经济体。它遭受了包括贫困和经济问题在内的殖民问题的困扰，但印度尼西亚后来开始成为亚洲重要的合作参与者。

接下来是重要的最不发达国家，如柬埔寨、老挝和缅甸。它们本身发挥着重要作用，因为它们不仅对自身和非洲大陆的发展发挥作用，而且还具有与经济方面相关的重要安全方面。中国一直在利用这些国家进行基础设施建设，表面上看起来似乎不错，但正如最近来自缅甸的报道一样，也存在干预内政的倾向（Hillman，2018）。缅甸政府抱怨中国在缅甸煽动恐怖组织。作为地处东南亚和南亚十字路口的国家，印度也一直在积极投资，并保持着稳定的关系。事实上，印度曾与缅甸政府勾结，对印度东北部的叛乱分子进行外科手术式打击。这表明印度知道缅甸是一个重要的国家，尽管发展程度较低，但从安全角度来看，其战略位置以及拥有一些重要矿产资源的潜力巨大。印度将这个国家视为东部延伸邻国的一部分，尽管中国一直在缅甸进行大量投资，并且对印度来说具有重要的安全前景。在 Covid-19 危机期间，中国也一直试图与缅甸进行"口罩外交"[23]。

然而问题是缅甸政府一直在如何发展以及在不久的将来将如何发展。缅甸是亚洲种族分裂的国家之一，更不用说让缅甸陷入全球新闻的罗辛亚危机。这场危机也对被视为缅甸民主捍卫者的"昂萨素季"造成了打击。然而，她在处理罗兴亚危机中所发挥的作用并没有得到西方的认可。她不仅因争取和平与民主而被剥夺了西方的许多认可，而且这也意味着缅甸的政治动态发生了变化，缅甸现在采取了强硬的佛教态度。一个以宗教为基础的国家，在很长一段时间内团结了种族和宗教分裂的国家。缅甸作为战略门槛国家的重要性将继续存在，并将不断增强。最后但并非最不重要的是柬埔寨和老挝，它们一直在努力重获经济动力并成为亚洲的增长引擎，但仍然主要依赖中国投资[24]。不仅如此，其共产主义政治结构也长期被中国人利用。重要的是要以当前的疫情为分水岭，印度、日本、韩国等其他国家对这些国家进

---

[23]（Alicia Chen, Vanessa Molter 2020）访问自 fsi.stanford.edu "口罩外交：新冠时代的中国叙事"

[24]（Chee Ming Tan, 2015）取自 theasiadialogue.com "基础设施投资与中国在东南亚的形象问题"

行投资,以实现"亚洲和平之镜"的梦想,只有这样才能实现亚洲的繁荣。

现在是南亚地区,该地区的邻里关系非常复杂,权力斗争也非常复杂。一场权力斗争,就像一个三角爱情故事。热爱探索和控制亚洲最不发达的地区之一,但该地区不仅在当前而且在可预见的未来都拥有最大的潜力和增长。印度和巴基斯坦这两个古老的地缘政治对手之间对权力的追求,更不用说在这个三角权力追求中国的方程式中让事情变得更加激烈(Guo et al 2019)。让繁荣和发展的亚洲团结起来追求自己的目标的想法是该地区面临的最大挑战。该地区对印度来说具有最重要的背景。在当前新冠疫情挑战仍在持续的背景下,印度与中国在加勒万河谷发生了一系列冲突。中印冲突至少7年以来一直被印度和巴基斯坦所掩盖。然而,当前亚洲政治博弈的背景对于不断发展的关系背景具有重要意义。中国和印度这两个古老文明转变为现代民族国家之间的关系已经进入了新时代的竞争(Hillman,2018)。时至今日,这两个古老文明之间的文化接触和学术交流已翻开新的一页。

印度和中国不仅是南亚政治的核心,也是全球政治的核心[25]。但就金额而言,中国不仅向亚洲国家,而且还向非洲和拉丁美洲国家投入了更多资金

---

[25] (Ayush Jain,2020) 取自 eurasiantimes.com "继加勒万之后,喜马偕尔邦可能成为印中边境争端的下一个重大问题"

或所谓的援助。然而，回到亚洲，在印度和巴基斯坦的热度下，或者对中国来说，由于其自身的内部政治问题以及其邻国，并且不要忘记与日本的地缘政治竞争，正在酝酿着一种非常奇怪和复杂的竞争。韩国以及东盟国家很可能是受到美国怂恿的。南亚政治的概念通常仅限于印度和巴基斯坦，偶尔也会提到斯里兰卡、孟加拉国以及尼泊尔和不丹。然而，这个区域如何变得如此重要却从未被谈论过那么多。原因是，该地区被视为印度次大陆形式的延伸，并没有冒犯印度所有其他理应自豪的主权邻国的意思。不幸的是，谈到看待该地区时，这种短视的眼光不仅是西方的，也是亚洲地区的。南亚在许多参数上，特别是在健康、教育和生活质量方面，可以与撒哈拉以南非洲进行比较，同时充分考虑到这两个地区及其面临的挑战。

南亚地区和印度的角色现在已经从一个援助提供者转变为一个领导者和一个可以指导整个地区的人。印度一直在缓慢而稳定地扮演这一角色。这一作用不仅对南亚地区而且对整个大陆都很重要。印度已经在发射南亚气候卫星、基础设施建设和开辟新贸易路线以及卫生、科技合作等方面发挥了作用。然而，在这一切之中，印度一直非常小心和微妙地偏离巴基斯坦的轨道。这正是印度在次大陆两侧开辟新平台的原因，如 *BIMSTEC*、*恰巴哈尔港项目以及加入上海合作组织*。这都是印度在亚洲角色转变的一部分。然而，还必须记住，这其中存在中巴角度。这个角度还涉及亚洲次大陆以外的其他参与者，如伊朗、西亚和中亚。早在疫情爆发之前，南亚地区就已经存在权力和影响力之争。现在，在新冠疫情过后，随着西方世界的衰落、美国转向亚洲计划以及美国和中国之间地缘政治紧张局势的出现，权力支点转向亚洲，南亚现在扮演了新的角色。

这个地区拥有悠久的历史和一些世界上最古老的文明，它们的影响铭刻在人类文明的脑海中，现在又重新获得了显着的地位。印中关系以冲突、合作以及两者混合的形式突出[26]。然而，我们不能忘记，在被西亚、中亚、东亚和东南亚包围的南亚地区，该地区有着非常重要的地位。确实，如果亚洲世纪必须绕一圈，南亚地区，尤其是印度及其邻国可以发挥作用。在大流行期间，除了医药外交之外，印度的药品出口也有所增加，更不用说中国也在这样做，尽管他们受到了指控。此外，贸易增长、能源走廊和生活质量改善不仅是推动国内政治、而且也是推动国际政治的最重要因素。除了印度的能源管道项目之外，对于中国新丝绸之路项目至关重要的地区，为了对抗中国通过*"珍珠链"投资*遍布印度周边国家的重要基础设施项目所谓的"包围印度"，肯定有足够的理由将目光投向南亚，这只是不能再被忽视[27]。随

---

[26]（Antara Ghoshal Singh，2020）取自 Thehindu.com "僵局与中国的印度政策困境"
[27]（GS Khurana，2008）取自 tandfonline.com "中国在印度洋的珍珠链及其安全影响"

着亚洲新秩序的出现,南亚地区应该继续前进,不再被老大国的狭隘政治所包围。

从亚洲次区域的区域愿望出发,亚洲和亚洲独自在当今世界发挥着更大的作用。作为世界上最大的有人居住的大陆,这片大陆也面临着自己的挑战和问题。世界上一些最复杂的历史问题存在于亚洲大陆(Fan,2007)。朝鲜半岛和韩国半岛之间的地缘政治竞争,以色列和巴勒斯坦之间的宗教竞争,以及以色列与其他阿拉伯国家和伊朗之间的竞争,也不要忘记印度和巴基斯坦之间出于中国角度而存在的可怕的核敌意。至少是什叶派伊朗伊斯兰世界与逊尼派沙特阿拉伯之间基于代理人战争的竞争,其中还包括其他参与者。这里提到的问题非常严重。伊拉克和叙利亚等已沦陷的国家已成为俄罗斯、美国、西欧、伊朗和沙特阿拉伯等强国的游乐场,需要认真考虑。西亚是亚洲最动荡的地区之一,对于亚洲未来的繁荣与合作及其对世界的影响至关重要。亚洲需要团结起来,努力与其他大国,特别是西方国家保持隔离,以建设以亚洲为中心的世界,并阻止这些大国在亚洲发挥影响力,这将推动亚洲梦想向前发展[28]。

解决这些问题,特别是朝鲜半岛问题的想法已经超越了该地区以外的国家。这个问题已经持续了很长时间,但一直没有解决方案。同样,对于以

---

[28] (P. Duara 2001) 取自 jstor.org "文明与泛亚主义的话语"

色列和巴勒斯坦来说,西方对以色列的支持以及其新发现的反对阿拉伯世界的朋友支持巴勒斯坦可以通过两国解决方案找到解决方案,但这尚未发生。至于印度和巴基斯坦之间的几场战争以及巴基斯坦支持的恐怖主义给印度带来的麻烦,这两个邻国之间的不安情绪蔓延到了整个印度次大陆或南亚。正如还提到的,有一个中国的角度。在所有这些之中,伊朗和沙特阿拉伯之间的竞争通过在也门、叙利亚、伊拉克、利比亚甚至埃及(除了其他大国之外)的代理人战争而蔓延到西亚和北非地区,这在当前的背景下非常重要。稳定亚洲地区[29]。不要忘记,在西亚地区,卡塔尔和阿联酋在争夺该地区时尚富裕标志性国家方面还存在其他分歧。他们之间的问题据说是关于卡塔尔支持*伊斯兰国/伊斯兰国*的指控的外交问题,但也有其他角度。就像沙特阿拉伯一样,他们本身就是一个复杂的国家。更不用说以色列和伊朗之间的关系很暗淡,约旦、黎巴嫩除了西亚的一个危险邻国之外,也有自己日益严重的社会经济问题。

结论

亚洲参与大多数新兴主要贸易区块的想法,如APEC(亚太经济合作组织)或美国发起的跨太平洋伙伴关系协定以及中国支持的 RCEP(区域全面

---

[29](Marwan Bishara,2020 年)取自 Aljazeera.com "谨防中东迫在眉睫的混乱"

经济计划）表明亚洲正处于领先地位。全球贸易中心。不要忘记，亚洲彼岸有两个成熟的经济体：澳大利亚和新西兰。澳大利亚是大陆大国，矿产资源丰富，对亚洲大陆贸易具有重要作用。新西兰虽然规模较小，但经济发达，与亚洲大陆国家有着重要的贸易联系。南海地区并不是唯一富含矿产资源的地区，也是世界主要贸易路线之一。太平洋小岛国也大多尚未开发，也为亚太地区开辟了新的海上贸易路线。至于投资和亚洲在全球贸易中的作用，中国和印度是非洲最大的两个投资者。此外，中国和印度的追随者不断增加，不仅在日本和韩国之后与欧洲建立自由贸易协定，而且在距离亚洲较远、仍然是世界最大经济体后院的拉美国家也建立了自由贸易协定。按美国国内生产总值计算。因此，亚洲已经通过贸易参与全球竞争。正如我们所知，大流行后的世界秩序将会发生变化，这一点已经很明显了。权力结构、地缘政治格局都将以亚洲为基础（Du & Zhang，2018）。科学、技术、人力资本的崛起都主要立足于亚洲大陆。为了证明亚洲现在处于技术中心这一事实，我们可以看两个例子。在大流行之前，优质半导体的理念以及数量方面的理念都存在于台湾、日本、韩国和中国等亚洲国家。同样，随着世界和人类文明走向新的分水岭，人们谈论着改变游戏规则的技术——5G，这是中国首创的技术。[30] 。为了克服中国的威胁，包括英国、

---

[30] （Martha Sylvia, 2020）取自 Thediplomat.com "全球 5G 战争愈演愈烈"

法国在内的西方先进国家都将目光投向日本来对抗中国。即使在国防、汽车技术等方面，亚洲国家也不仅比日本、韩国、中国等国家走得更远，而且还得到了印度、越南、马来西亚、新加坡、菲律宾、泰国等新晋国家的支持。阿联酋等对于亚洲这个最大的大陆来说，在西方商人及其帝国主义倾向出现之前的几千年里，它有无限的可能性成为最伟大和最好的大陆。正如文章中已经提到的，尽管亚洲面临着巨大的挑战，但它经历了兴衰和再次崛起，但其基本面强劲，崛起是不可避免的（Kersten，2007）。

移民与边界政治：中亚国家哈萨克斯坦的故事

这个想法是为了让人们了解，在现代，无论是中亚还是欧洲国家如何可以从共同的经验中学习。这种理解很重要，可以比较经验并分享彼此的经验教训。这正是本文对移民相关问题进行分析所希望达到的目的。边界和移民问题的概念如何成为本文研究移民相关问题的重要视角。自1990年以来，哈萨克斯坦就已经达成共识并制定了边境政策，以阻止其他高加索国家成员的入侵。作为一个比较的例子，意大利被提到作为焦点国家，偶尔还有葡萄牙、西班牙，以带来关于移民想法和对该主题的更详细的理解。

简介：

尽管通过全球化领域相互联系，但21世纪的世界可能是最分散的世界。因此，了解我们生活在一个由矛盾修饰法的概念所定义的世界非常重要（Fassin，2011）。当今世界，如果追溯历史背景，可以从经济一体化与解体的角度来看待，同样也可以从政治、科技、社会环境等领域的耦合与脱钩的角度来看待。这就是当今世界的定义，全球事务中存在耦合-脱钩效应。从经济、政治以及社会和技术等所有这些主要因素来看，富人和穷人之间存在着明确的鸿沟。从人类文明诞生之日起，这一点就一直存在。就人类进化的阶段而言，就我们的社会经济进步而言，人类社会建立在平等主义基础上的观念一直被拒绝。尽管系统已连接，但这就是冲突发生的地方。在21世纪，尽管世界走到了一起，但差距仍然很明显（Chacon，2006）。甚至人类文明迁徙的开始也是从获取迁徙起始地所缺乏的资源的想法开始的。这定义了迁移最重要的方面以及耦合-解耦效应概念的构建。

欧洲国家在对待移民的方式上存在重大分歧。上述边境国家已经在第一级处理了移民问题（Anderson et al. 2000）。然而，本文还想追踪软件的开发以及因永久改变欧洲大陆的移民危机而开发的通信协议。移民的想法并不新鲜，欧洲长期以来一直面临移民问题。现在的问题是，一个非欧洲国家如何从这些角度学习。这就是对欧洲情景与哈萨克斯坦等国家进行比较研究的总体思路。这将有助于在学习欧洲体系的基础上建立政策管理理念。它还将有助于找到像哈萨克斯坦这样的国家能够设法控制被许多较贫穷国家包围的国家的移民和边界的确切方法。此外，需要人工审查的地理位置和地理上严格的边界要求学习欧洲体系，与邻国建立更密切的协调。哈萨克斯坦可以提出的联合巡逻和可由各国访问和管理的数据库管理方式将为该国创造前进的道路。这将有助于系统的管理，从而实现与移民筛查、监测和适当记录相关的高效工作流程。所有这三个相互关联的过程也将有助于在很大程度上（如果不完全的话）约束非法移民的过程。

现在，如果我们从意大利、哈萨克斯坦等前沿国家的比较角度来看待移民的比较，我们可以找到理解异同的新视角。这两个国家面临的挑战都是巨大的，因为它们都是前线国家，与许多国家共享边界或开放漏洞较多。意大利长期以来，特别是自移民危机以来，一直面临移民问题。海上航线使得在意大利这样的国家发生迁徙成为可能，这是前所未有的。2015年以来，意大利除了希腊之外，还有葡萄牙、西班牙都面临着移民危机问题。同样，在苏维埃社会主义联合共和国解体后成立的哈萨克斯坦也被人口众多且具有非法走私优势的国家所包围。其中包括乌兹别克斯坦、土库曼斯坦、塔吉克斯坦、吉尔吉斯斯坦等国家，其中许多国家面临着相当大的经济挑战。因此，像哈萨克斯坦这样的国家的边界和移民政策需要适应挑战。该国一直处于由总理努尔苏丹长期执政的稳定政权统治之下。然而，移民带来的挑战也是该国需要考虑的重要考虑因素。因此，像哈萨克斯坦这样的国家可以从挑战和解决方案中学习，以实现移民和移民问题的完美平衡。这是需要观察来自中亚不同地区的移民过程和移民流入的地方。这就是如何将意大利等国家的欧洲经验借鉴到哈萨克斯坦等国家。因此，这就是可以用于学习经验的东西。这将包括边境巡逻、记录以及控制移民的监测政策以及如何适当管理他们的方式。

了解移民的背景

谈到遏制迁移的过程，重要的一步是文档记录以及记录数字化过程（Crepaz，2008）。这在欧洲是通过都柏林协议开始的，该协议定位非法移民并从他们的第一个到达国追踪他们。这对于整个迁移过程和记录其移动绝对是非常重要的。在欧洲，维护数字记录的整个过程无疑有助于追踪和跟踪运动。移民的管理也具有非常重要的社会经济视角，因为管理移民的责任涉及大量的社会成本（Flores，2003）。人员管理的信息和技术对于应对危机非常重要。这场危机需要基于资源管理及其对移民的分配进行适当规划。它包括要管理的整体管理流程（Wicox，2009）。这需要使用和维护信息和通信技术。在德国、法国以及其他斯堪的纳维亚国家，移民过程一直是许多政策关注的问题。欧盟开发了自己的软件，更像是一个数据库。数据库管理对于移民管理过程以及各国追踪和维持移民原籍地的方式非常重要。最初的抵达地是首当其冲的边境国家。

地中海地区的前沿国家，包括意大利、西班牙、希腊等，尤其需要将数字政策理念提升到一个不同的水平。由于缺乏数字化进程和信息技术的使用，移民泛滥的希腊莱斯博斯岛面临着巨大的挑战。缺乏这些信息和通信技术并不那么容易。它需要对记录的数据库管理进行适当的集成，这可能是处理整个移民危机的重要一步。这凸显了欧洲大陆移民是如何形成的重要背景。2015 年的移民危机并不是一个转折点。可以说，这一年真正动摇了欧盟作为一个实体应对危机的方式。属于人权价值观和人类价值观的世界观已经崩溃。这肯定会引起问题，因为移民的数据库管理是重要的一步。欧盟各国开始慢慢采用信息和通信技术。2015 年的移民危机揭示了不同形式的移民是如何发生的。这包括通过集装箱、卡车，当然还有难民船进入，以及通过陆路和其他一些新颖的方式入境（Peters，2015）。

关于政策目标和未来方向的结论

"像哈萨克斯坦这样的国家如何学习欧洲的移民经验？"这是最重要的方面，因此招募移民的过程至关重要。东欧、北欧、西欧、南欧和中欧之间的流程划分和管理透明度提出了有关地区之间数字鸿沟的重要问题（Hayter，2000）。同样，拥有乌兹别克斯坦、哈萨克斯坦、土库曼斯坦和塔吉克斯坦等国家的中亚地区也需要有协调一致的移民政策和边境管制政策。

移民的想法和移民处理方式的划分在很大程度上可以通过数据库管理来处理。需要理解的是，移民处理的负担已经固定，并且更多地按照平等主义原则进行分配。然而，像哈萨克斯坦这样与中亚通往欧洲的重要通道接壤的国家，是重要移民通道的一部分，需要对移民进行控制和边境政策。为了控制非法移民并适当控制边境政策，像哈萨克斯坦这样的国家需要适当的移民数据管理。这就是为什么欧洲政策的比较被纳入讨论的原因。前面谈到的数据库管理已经在欧洲出现,但是集成数据和数据管理的真实性的整个想法使得迁移及其管理的整个想法变得困难。移民及其管理的令人难以置信的方面还有一个不仅仅是数据库管理的组成部分。这不仅仅是维护没有所需文件的移民名单(Flores,2003)。然而,解决移民危机的关键在于追查移民的行踪,最重要的是追查人口贩运的来源。这个想法是控制移民的方式和适当的边境控制来控制人口贩运。

因此,移民是一个让世界了解的非常重要的过程。这就是为什么上一段试图引入这样的想法:当今世界的不平等似乎在扩大,但历史上的不平等却一直存在。当今世界的概念是由 21^{世纪}之前的四件重大事件定义的,它们是**第一次世界大战、第二次世界大战、非殖民化进程以及最后的冷战及其结束及其后果**。这就是今天的世界。上个世纪和本世纪的移民过程可以被认为与人类历史上的这四个重大转变有关。除此之外,还可以添加经济、社会以及其他因素的其他参数。人口的分布、迁徙的格局和路线在很大程度上是由这些因素决定的。尽管进入 21^{世纪},人类迁徙的第五个方面已经到来。那是来自西亚地区,该地区的不稳定和独裁政权以及具有类似文化和政治格局的北非地区都受到**阿拉伯之春**的破坏。最初从突尼斯兴起并蔓延到西亚和北非地区的"阿拉伯之春"理念,被当地公民呼吁民主浪潮席卷变革的呼声所打乱(Wicox,2009)。随着世界转向理解移民的新思维模式，也必须牢记此类政治活动。因为对世界其他地区移民经验的了解可以教会如何实施未来的最佳政策。

第三单元： 21 世纪的世界动态

美国为何以及如何失败？

自第二次世界大战后以来，美国政府一直掌管着以其政策主导的世界秩序（洛根）。尽管在一段时间内，美国和苏联之间存在着激烈的竞争。直到 1990 年代苏联解体之前，由这两个大国主导的世界及其对世界各地的不断干预一直塑造着世界。随后，世界政治和政策制定进入了另一个阶段，但大多数时候只有美国。

现实主义、新现实主义或自由主义学派理论驱动的世界政治理念最终都有实用主义驱动政策。地缘政治与社会和行政单位（汉普顿）可能反映的需求有很强的关系。冷战结束以来，美国在世界各地卷入不止一场冲突。如果说美国在战后阶段表现得强势，那么美国在冷战后阶段的干预也有所增加。在传统时代的不确定时期，即现在被称为波动、不确定、复杂、模糊的世界，美国政策制定的动态可能适应缓慢。全球化已经开始以与它开始时完全相同的方式影响世界政治。

西方世界的重商主义者就是这样扬帆前往世界其他地方的。就目前而言，自冷战结束以来，随着权力和金钱撤离西方世界，这一趋势正在发生逆转。作为民事政策、外交政策干预以及西方列强的霸权倾向，这一点值得考虑。必须记住，美国的统治之路是基于对世界的解释（莫里斯）。这将给我们带来道德问题。一个关于了解世界的问题，在文化和地理邻近性方面可能与美国没有任何关系。美国外交政策的影响仍然不容忽视。它自上个世纪以来就一直存在，随着整个世界已经乘上了全球化的浪潮，仍然存在一个可以平衡的问题。在全球政治领域，强者仍然掠夺弱者的道德问题。此外，由于过去二十年形成的全球化，还存在一个大问题。因此，关于一个行为能够产生什么样的影响的道德问题常常被超越或被故意遗忘。2003 年伊拉克战争期间引发的灾难是历史上不可忽视的历史时期之一（瑞安）。这一决定至今仍在影响着现代地缘政治。但如果看看涉及的人，就会产生疑问。

这些问题将决定承担这项任务的当权者是否能够对其所采取的行动负责。就责任而言，我们的想法是要理解像唐纳德·拉姆斯菲尔德这样的人，他是两任美国总统手下最年轻和最年长的国防部长之一，在他的两个任期中经历了很多变化（拉姆斯菲尔德）。扫描仪中的这一内容是基于他在小乔治·W·布什领导下担任国防部长的角色，这一直是争论的焦点，并且在纪录片《未知的已知》中也根据他对伊拉克问题的反应发表的一项臭名昭著的言论进行了报道。战争。美国干预伊拉克的想法已经引起了争论，因为当时美国已经介入了阿富汗。随之而来的问题是美国卷入对另一个国家的战争。士兵们被派去参加积极的战斗，其目的既不明确也不被理解。本文试图理解他作为布什总统（拉姆斯菲尔德）的主要顾问之一的决策问题。他的建议基于他的观点，可以说是为了对付想象中的敌人，即伊拉克政权及其现任独裁总统萨达姆·侯赛因。然而，基于干预问题的审慎和道德问题却始终没有得到贯彻。萨达姆·侯赛因也难辞其咎。他不合作，这将使西方基于他的不合作态度而发出的信息被用来为美军干预提供理由。伊拉克政权的垮台来得晚得多，这不能因为美军占领伊拉克期间制造的恐怖事件而被忽视。此外，关塔那摩湾战俘遭受的酷刑也震惊了世界。现在提到的这些伦理问题，即使暂时搁置，至少也要问一下合理性。这位国防部长没有考虑到干预伊拉克的后果，也没有考虑到推翻一个毫无疑问是独裁政权但不知何故拥有脆弱民族国家的政权的后果。萨达姆政权凭借其政权制造大规模杀伤性武器的非确凿证据而被推翻，使该国、该地区和世界处于危险之中。萨达姆政权垮台后，威胁的加剧今天是全世界有目共睹的。比基地组织更危险、更极端的恐怖组织"伊斯兰国"已经出现。很明显，问题出现了，像唐纳德·拉姆斯菲尔德这样的人所指导的道德立场是什么样的。因此，需要考虑大国及其推动者的整体责任递减。这些都是纪录片中提出的问题。

在关注唐纳德·拉姆斯菲尔德的同时，我们不能忘记当时美国的政治局势。双子塔的倒塌象征着被媒体和美国人民视为世界上最伟大国家的美国自豪感的倒塌（拉姆斯菲尔德）。一股外来力量召唤着曾伤害美国的宗教教条主义，这无疑创造了一种人们无法想象的政治场景。首次就任总统的小布什面临着巨大的压力,美国政坛已经给出了答案。从美国国会参议院大厅到媒体辩论甚至总统府,对阿拉伯世界发动战争的呼声很大。萨达姆·侯赛因此前曾在1990年代的海湾战争中成为攻击目标,实力被削弱到足以保住自己的权力,但他对科威特的无端攻击却受到了正确和适当的谴责。美国没有放过这个机会,提醒其盟友如果受到威胁也不会放过。在方法上有一个平衡,遵循了论文的主题,即考虑道德,同时保持全球化时代的实用主义(Panagopoulos)。然而,在拉姆斯菲尔德的领导下,虽然可能有点严厉,当时的语气也可能如此,但他并没有足够重视对美国所拥有的大国地位的考虑。没有考虑到美国的欺凌力量会造成不稳定和人员伤亡。最重要的是,一旦美国除掉萨达姆·侯赛因,将会出现什么样的长期可怕情景。伪装成民族自豪感和国内人民安全问题的保守和偏执观点也造成了太多美国人的生命。与此相关的是,美国甚至在卷入2003年伊拉克战争之前,就在过去十年之初对越南战争和利比亚危机做了同样的事情。因此,在干预伊拉克问题以及如何处理局势方面,布什总统及其主要顾问的责任绝对可以归咎于拉姆斯菲尔德。但这并不能改变这样一个事实:像他这样有过担任如此重要职位经验的人,需要更加理性,更加外交化。缺乏机智和处理事情的方式,还有在公共论坛上发表的傲慢言论,使他成为一个分裂的人物。肯定会错过做出将在未来几年影响世界的决策所需的政策制定和冷静方法。拉姆斯菲尔德领导下的这种谬论的代价甚至对美国也产生了很大影响。

这部纪录片的重点是理解唐纳德·拉姆斯菲尔德这个角色以及这个人的行为方式。尽管每当问题涉及到前面提到的对唐纳德·拉姆斯菲尔德的性格的理解时，就需要再次考虑当时的政治局势。这篇文章需要理解这个人的想法、驱动他想法的因素以及思维过程。这将使人们更容易理解他所采取的政策。因此，2003年伊拉克战争前后的政策认识过程正是西方忙于塑造形象的时期。从可怕的政权手中解放出来的人的形象。这是唐纳德·拉姆斯菲尔德制定政策的驱动点，也可以说是他采取的所有行动的驱动点。因此，拉姆斯菲尔德的政策指示问题和道德问题并不是唯一的问题。为了了解这个人，调查过程涉及到他的部分道德和政策问题，这在幕后有很多内容。2003年的美国距离反恐战争还不到两年。然而，问题仍然在于这场战斗的效果如何（瑞安）。纳税人的钱和投入阿富汗战争的所有资源并没有取得太多成果。美国防御机制的战略计划似乎效果不佳，尤其是因为主要目标是奥萨马·本·拉登。现在，在这一切之中，美国知道萨达姆·侯赛因与塔利班毫无关系，而且实际上非常反对塔利班，他可以成为完美的分散注意力的人。美国政府寻找重新构想和塑造公众舆论的新途径的分散注意力。这就是道德问题的整个观念一开始就动摇的原因。美军进军伊拉克政策的启动就是这样一个需要从阿富汗角度考虑的因素。长期以来的所有过程的积累形成了美国政府的政策圈。这是唐纳德·拉姆斯菲尔德和他的政策相关人物可以被研究的地方。时任美国总统小布什在新战争爆发后持何种心态。因此，需要讨论破译这个臭名昭著的"已知未知者"的人的想法。他第二次任期之前的情景以及他内心深处的焦虑和沮丧有助于阐明他的政策。

这是纪录片所关注的内容，但详细的理解需要来自他所处的时代。那已经完成了。现在他代表哪个政权。是的，是保守的共和党人。他们对代表美国的力量感到自豪，而这种权力方程式本身在国内和国外都长期受到质疑，这就是思维过程和自尊感的来源。对他的角色、位置和他需要做的责任的关注是不容忽视的。因此，正是对这些事情的关注，使得拉姆斯菲尔德的研究处于比我文章前一部分所暗示的更有利的位置。更多的是关于人的整体理解。他在个人层面和政府层级上参与了什么样的流程？这些问题的答案将使他有更好的认识，特别是因为这篇文章是关于回答与平衡相关的问题的。在指令之间保持平衡的方法可以使美国摆脱权力认同危机，同时也提供出路。这是本文中重复并提到的内容。这是文章的驱动点，也是回答与人物相关的问题。是什么促使这个人继续思考可能被认为是鲁莽的政策。此外，他引入的个性更加自信，想要通过消灭"其他人"来印上权威，这无疑引发了道德问题。然而，悖论在于，一场暴力事件引发了所有暴力政权的多米诺骨牌效应。即使十年后的今天，当美军仍然驻扎在阿富汗和伊拉克时，这个人是否知道他报名的目的是什么。以美国和北大西洋公约组织为首的西方列强把当时的世界推向了拉姆斯菲尔德等人所主导的方向。正如前面提到的，影响并不是主要关注的问题，因为我们的想法是恢复美国自豪感的平衡。因此，他所发表的言论或他参与制定的政策不能仅归咎于他。只需要从客观的角度来看，答案或许就在出发点的事件中。这就是反恐战争成为美国应战的总括答案。为骄傲和荣誉而战是他发起的，在民粹主义情绪中，他确实忽视了所需的机智和外交。这个想法可能是借鉴亨利·基辛格过去的道路。

这部纪录片的结论并没有做出任何夸张的主张，也没有提出自己的耸人听闻的观点。它坚持纪录片应该按照人们理解的方式制作。也就是说，它是线性的，并继续跟随一组启动的事件。这些信息在本文中得到了使用和扩展，以达到可以被认为是重要连接点但可能被遗漏的点。这就是为什么强调他搬迁之前的因素和导致这一情景的情况之间的集体理解一直是焦点。本文试图弥合政策制定、时代需求和形势要求之间的差距。有些因素需要被理解、具体化和剖析，特别是当伦理和道德问题被提出时。这就是需要如何思考那个时代的世界。本文对态度和向自信政策的转变进行了考虑。这样做是为了为道德问题和时间需求的讨论提供理由和意义。

分析政治传播及其群众接受民族主义的媒介

本文试图了解民族主义使用的演变以及一段时间内观众如何接受民族主义的想法。探讨以民主方式传播民族主义思想并予以反击的传播渠道是本文的重点。传播模式及其使用无疑是一段时间内民族主义的重要组成部分。本文试图从各个角度整理信息，寻找如何在接受障碍中将这一想法传播到大众。从早期开始，民族主义一直是出于政治目的的一种非常流行的对话。在第二次世界大战等特定时期，民族主义的影响有所增强。随着时间的推移，政治民族主义的言论一直在发生变化。事实上，随着时代的发展和媒体的变化，观众的品味也开始发生变化。媒体及其使用的理念也发生了变化，对长期以来被受众接受的与民族主义相关的传统传播形式造成了破坏。因此，这就是本文试图分析的内容

关键词：*民族主义、政治传播、受众、宣传、修辞、媒体、政府*

概念介绍：与民族主义相关的政治传播长期以来一直是需要考虑的重要点。政治意识形态的整体观念及其在民族主义观念本质上被受众接受的情况已经存在很长时间了。自从法西斯国家出现以来，观众对思想的接受程度就很难衡量。这些想

法已经被强加或可能叠加到更多的受众身上，并以少数追随者作为宣传的基础。自 19 世纪末以来，民族主义的整个观念在欧洲兴起并影响着人们。自民族国家制度盛行以来，围绕民族主义进行政治沟通的理念就一直存在。民族观念、民族认同以及利用修辞来影响受众是本文的核心焦点。在纳粹德国、法西斯意大利政权时期，民族国家观念及其复兴观念一直是国家与民众关系的重要组成部分。根据信息流，观众与国家之间联系的整个想法更加一维。**正如阿耶·L·昂格尔（Aryeh L. Unger）在《纳粹德国的宣传与福利》一书中所写，**"Menschenfuehrung"（群众动员）下的整个群众动员**是宣传模式的关键。**这是本文的一个非常重要的组成部分，因为这里强调了以大众为目标受众的整个想法。同样，在同一时期也可以找到针对法西斯国家的反宣传的想法。特别是美国和其他盟国正在反击这一点，这在克莱顿·D·劳里（*Clayton D. Laurie*）的**《宣传战士：美国对纳粹德国的十字军东征》**一书中提到。自第二次世界大战以来，随着时间的推移，政治传播发生了演变。互联网、技术和其他形式的媒体空间的出现创造了新的维度，使受众能够理解具有新价值的政治传播概念。现在，由于明显的原因，本文更多地基于概念基础，很难提供有关受众事实调查的主要研究证据。现代背景下的软实力理念被许多人认为是民族主义以更政治正确的方式演变，也在不断发展的媒体时代在政治上得到了提出。文章开头提出法西斯政权时期的宣传理念已经转变为公共外交。无论是国内还是全球受众,都可以感受到政治传播的深远影响。然而,通过政治宣传传播民族主义思想的想法还有很多值得研究的地方。给国家一个品牌或身份的整个想法与我们想要看到的任何语言都与政治传播及其预期效果有着真诚的关系。不过这也要看观众的接受程度。谈到民族主义的理念以及领导人如何投射民族主义,我们可以看看南亚地区。民族国家的建构理念及其政治沟通是本文要讨论的一个重要维度。巴基斯坦和孟加拉国(当时的东巴基斯坦)的整体理念是通过分治前几天的政治沟通以及目标受众对其身份的理解而产生的。**BC Upreti** 在《印度政治学杂志》上发表的文章明确指出,民族主义是人民思想的表现以及期望和理解的变化。

概念本身的概念主题: 因此,值得注意的是,整个表现主义思想和对民族主义思想的接受是由政治领导人解释的。穆斯林民族主义思想导致了印度 800 年来所承载的社会结构的分离,这是巴基斯坦和孟加拉国的结果。南亚民族主义的整个理念是基于语言、文化和种族的理念。自从两国理论提出以来,政治领导人在演讲中就使用了这一点。以真纳为首的穆斯林联盟的政治沟通有据可查。然而,回到本文的核心,重要的是要了解人们如何受到这种沟通或通过一个新的民族国家为南亚穆斯林社区要求独立土地的反复言论的影响。讽刺的是,这后来却适得其反。同样的想法在语言界线上创造了孟加拉国的形成,也将其与印度两侧的巴基斯坦联盟分开。言论及其民族主义观念,特别是在南亚这样的地区,可以从很多不同的角度找到。政治领导人所使用的各种角度都以种族、文化和语言身份的形式表现出来。如果我们回到孟加拉国的斗争,当时的东巴基斯坦为其独立身份灌输给观众的说辞是基于孟加拉语的价值。这就是**朱莉娅·梅杰(Julia Major)在《语言的构建:南亚的语言、民族主义和身份》**一文中提到的内容。前面提到的发明民族主义的整个表现形式都被引导到了目标受众的头脑中。政治传播在向受众传达信息方面发挥着关键作用。抓住语言观念并运用它,对于"民族感情"非常重要。然而,政治沟通具有更广泛的含义,在国内空间中也存在。这是稍后会谈到的部分。然而,随着民族主义和政治理念及其传播方面的延续,它始终拥有更大的公众想象力。表达公众情绪并将其置于正确的背景下以与受众建立联系被称为民粹主义或宣传,这是一种强有力的话语。苏布拉塔·K·米特拉(Subrata K. Mitra)在他的著作中引入了南亚次国家运动的政治视角。他在《**文化民族主义的理性政治**》一文中阐述了如何在包括亚民族主义在内的民族主义倾向的观念中炮制情感。它在政治领域具有非常重要的背景,领导人利用想法和情感来向受众构建他们的成果。例如,有人提到了斯里兰卡猛虎组织斗争的想法。整个想法始于公民权利的概念,它具有很强的政治成分。此后,它变成了暴力斗争,但仍然继续带有强烈的政治沟通成分。斯里兰卡国内的和平进程以及印度甚至挪威的干预就证明了这一点。从类似事件中可以看出，巴勒斯坦、加泰罗尼亚和其他次国家或未被承认的国家运动问题始终具有强烈的政治沟通作用。言论自由以及涉及人民、种族和民族身份的思想始终具有强大的政治影响力。这种影响力可以被国家或迷失方向的部分操纵和运用在言辞中。政治传播是关于在媒体领域传播的强有力的思想以及人们如何接受它。沟通的议程和交付方式决定了方法的不同。中国是威权政权的一个例子，其政治传播理念是从国家到受众的。正如*路星*在他的著作**《伯克对中国的分析并不令人满意：民族主义的修辞》中指出的**那样，语言在交流中发挥着关键的作用。由于这个想法是基于政治沟通的力量和国家的强制力，因此本文广泛地讨论了中国人民的挫败感。无节制地西化和剥削当地人的思想在国内肆虐。现在回到这个话题，按照作者的说法，民族主义倾向和为国家牺牲的整个想法似乎正在消失。作者试图引入自己对西方的怨恨观点。尽管主要目标是从阅读中推断出向世界描绘的民族国家的思想。政治机制及其协同运作以提供强大民族国家的理念在本文中遭到排斥。因此，本文旨在展示民族主义思想及其功能表征如何对受众、知识分子产生影响，以及它如何被接受或回报。本文旨在概述已经演变的修辞。当前时代劝阻人们不要接受国家制造的民族主义和抵制群众被强加思想的过程，特别是随着新媒体的出现

主题分析：如上所述，民族主义思想的表现方式对于民族内部和外部的描绘非常重要。公共外交（也称为国际关系中的软实力）形式的国家意识形态政治传播具有不同的目标受众。现代政治机构以人的形式进行政治交流或言论的例子之一可以追溯到伊朗。内贾德政权对伊朗的言论和意识形态描绘有一种奇怪的理解。这是一个独特的例子，因为伊朗的社会和政治框架有一个非常重要的组成部分，即除总理之外的宗教最高领袖。艾哈迈迪内贾德的言论占主导地位并提出了新伊朗民族主义的新形式，这在国家历史上是新的。正如纳维德·福齐（Navid Fozi）撰写的论文所强调的那样，个人崇拜是一种个性化的政治传播方式。这个论点如果被提出来，可以用来提出一个人如何塑造国家认同的观点。从论文的引言开始，讨论了法西斯国家的概念以及政治传播如何成为操纵受众的有力工具。正如前面提到的，由于技术原因，无法提供观众参与的统计或表面证据。本文的主要任务是提出关于政治传播工具如何塑造民族主义情绪的概念框架。当观众能够与之联系起来时，民族认同和带有许多不同情感的民族主义思想就会发挥作用。这是对想法的解释以及人们如何在沟通的基础上团结到一起的方式。这种沟通的政治方面取决于社会经济、文化、种族和其他因素。联系群众、传播联系群众的理念，就是民族主义语境下的政治传播。**本尼迪克特·安德森**的民族、民族国家理念被称为**"想象的共同体"**。现在，本文试图理解并举例说明政治传播如何体现为民族主义思想的构建。因为激进民族主义取决于多种因素的组合，包括政治氛围、国家期望，当然还有前面提到的其他因素，概述政治传播如何成为说服受众接受的关键因素。即使民族主义斗争的理念被分解为更小的种族/肤色/民族碎片，也可能导致身份斗争。政治沟通采取激进或温和的形式，具体取决于整个想法所基于的问题，具体取决于情况和背景。随着时间的推移，民族主义的观念发生了变化。论文试图举例说明民族主义的演变及其通过政治传播过程提出的思想。这些想法因时代和社会背景的不同而有所不同。即使对于印度的民族主义观念来说，除了某些一直以来一致的观念，尤其是针对巴基斯坦的、与西方世界不自然的钦佩和仇恨关系之外，印度民族主义的观念一直在改变。它对于国内和国际层面的政治交流都有着奇怪的含义。这个想法是为了了解政治传播对民族主义思想的影响有多大。**卡尔·多伊奇**非常强调社会传播的理念以及文化积累如何在整个过程中发挥非常重要的作用。同样，日本民族主义的理念基于大规模的文化同质性，这也是他们政治和社会交流的本质。

然而，**河井裕子**在《新自由主义、民族主义和跨文化传播》一文中提出的观点认为，在全球化时代，日本文化民族主义的观念正在发生变化。本文试图从全球化的影响以及它如何影响日本的全新观念及其演变中的民族主义思想来重新定义政治立场观念。转向新自由主义意识形态的整个想法正在改变其民族主义身份的构建方式。这里提到的政治传播并不是最严格意义上的,但正在发生的意识形态转变才是政治传播的焦点。政治影响力及其价值的概念最能描述上述示例的关系。事实上,本文的整体思想是理解民族主义思想通过政治传播方面产生的关系。从历史时期到近代,日本在亚洲的各个时间轴上一直被视为一个文化自豪和占主导地位的国家,但在现代却发生了转变。如前所述,本文的理念是不断确立政治传播如何决定民族主义观念的观点,政治传播具有许多社会、文化和经济因素的辅助因素。日本的例子展示了帝国历史和经济民族主义的基调如何随着时间的推移而变化。日本以自身软实力的形式进行的传播政治转变凸显了这一事实。这包括财政援助、技术创新以及他们向拥抱全球文化的转变。整个组合是由政治传播的变化提出的,政治传播的变化提出了传播及其立场如何至关重要地塑造关于民族和民族认同的观念的想法。本文的结论部分将重点讨论未来如何塑造这种关系。政治传播的未来和民族主义理念将在经济以及传递信息的媒体发展的背景下发展。

民族主义和政治传播视角的演变: 中国是一个很好的例子,说明政治传播的整个理念如何根据新民族主义思想围绕企业意识形态构建。**王健**在《*商业的政治象征主义:探索消费者民族主义及其对企业声誉管理的启示*》一文中提到了这一点。该论文强调了这样一个事实:中国的政治体制如何将其立场从毛泽东时代以来的共产主义经济转向邓小平领导下缓慢但稳定的工业倾斜，再转向自80年代末以来的消费主义立场。与前面提到的日本例子类似，中国例子是政治传播随时代变迁而演变的另一个事件。从这些例子中可以明显看出，政治传播并不总是取决于受众。大多数时候的想法都是从上层产生，然后向下推向大众的。然而，近年来媒体的发展扰乱了这种做法。新媒体革命的例子扰乱了政治传播的流程和受众接受的模式。互动媒体形式的全新政治传播空间创造了一条新的途径，政府或私人媒体的资本主义力量正在受到挑战。非常规形式的媒体监控开辟了一条全新的途径。本文的结论部分对此进行了讨论，因为主题是基于政治沟通和民族主义。因此，新的媒体形式为自由主义者、新自由主义者提供了组织和传播其思想的新空间。因此，在结束本文时，不能忽视新媒体和政治传播的理念。同样，利用电影和体育的其他各种因素也被出于政治动机的方式用于民族主义目的。自1896年以来现代奥运会或FIFA世界杯的整体理念都描绘了国家的权威感和品牌形象，并灌输了对主办国的归属感。然而，足球作为一项全球运动，已经失去了作为民族主义倾向平台的光彩。这个想法来自以色列大学的**伊兰·塔米尔（Ilan Tamir）**撰写的题为*《足球迷中民族主义的衰落》*的论文。这个想法在上一段中已经提出，由于新媒体平台的出现，政治传播及其与受众的接触方式正在发生中断。这也可以在与电影和媒体相关的论文中得到很好的阐述，其中全球化带来了新的混合身份，而利用它们进行政治传播的想法正在消失。经济、媒体和体育领域的全球化正在跨越政治传播的沙文主义路线。即使是与舞蹈、歌唱相关的流行电视节目，如《欧洲歌唱大赛》、《你可以跳舞加拿大》也在宣扬一种新的商业民族主义。这种民族主义的观念更多地与软性因素有关。这种民族主义具有流动性。正如克里斯蒂娜·**奎尔（Christine Quail）**所写的论文很好地阐述了这一点，这种商业民族主义正在重塑民族主义的整体理念。与不断变化的文化和经济价值观相关的民族主义价值观的吸引力也发生了变化。然而，在网络媒体及其对受众的利用的时代，民族主义还有另一个方面。网络空间带来了一种全新的民族主义视角，其中身份认同以及与民族主义的联系总是受到挑战。这是 Lukasz Szulc 在论文中提出的一个想法，该论文讨论了民族主义的网络身份和与性别身份相关的个人身份，这带来了一个非常重要的视角，即网络空间如何超越其他身份。

结论：在线探索民族主义的思想是本文可以进一步研究的一个领域。概述中提出的民族主义思想是为新媒体如何改变国界观念及其相关感觉提供了一个序幕。侨民民族主义思想是一个从跨越民族的新媒体概念中产生的概念。正如**金尤娜（Youna Kim）**撰写的论文指出，一种新形式的民族主义正在崭露头角。尤其是在东亚国家，女性通过在家上网，在传播和改革民族主义观念方面发挥着带头作用。这些都是新元素通过新媒体进入形成新的民族主义结构的破坏。非常有趣的是,这里指出,非主流元素如果可以这样放置的话,就是为阿拉伯之春而生的。最严格意义上的"阿拉伯之春"可能不涉及民族主义,但确实引入了民主及其信息的视角。政治传播的这一方面也是一种民主权利的宣传,由于社交媒体的传播,可能会受到更多非政治积极力量的影响。政治声音的这种维度影响着政治观点、运动以及构建政治身份和民族主义的整个过程的变化。这是当今社交媒体时代所体现的理念的关键组成部分。信息的自由流动使得独立的声音得以出现,并为围绕民族主义构建的身份观念而奋斗。这也可以从次国家身份的角度来看。这里唯一的主要因素是民族主义在不断发展的媒体的新背景下的起源,这使其成为当今时代的一个有趣因素。正如**郭中石**等人在题为**《民族主义作为公众想象》的**论文中所说,该论文关注的是媒体如何创造民族主义话语理念。媒体是一股积极的力量,可以帮助创造一种类似的民族主义倾向观念,正如有关中国的论文中提到的那样。这就是媒体如何在中国这样一个信息流动受到限制的国家创造一种新形式的民族主义的想法。正如本文的标题所暗示的那样,公众想象力以民族主义的形式出现,因此这些想法可以通过社交媒体或新发展的媒体流入。为什么?原因在于它不像传统媒体那样受到信息封锁。它无法通过资本或常规力量的流动来控制。信息的流向和信息的不受限制的流动是在民族主义思想也参与其中的当代的一个重要考虑因素。

*卡尔·多伊奇*是一位撰写有关民族主义和民族思想的作家。她的作品试图通过国家社会和政治方面的顶峰来关注民族主义理念。她的作品中所写的交流构成了民族情感的观念。这本身就是民族主义情感的构建及其在政治传播中的运用的核心重要部分。新媒体(目前是互联网)的使用已经讨论过。然而,互联网又重新回到讨论中,因为它是现代最具活力的平台之一。新的民族主义传播方式体现在新的传播媒介中。正如 **Hyun Ki Deuk** 等人撰写的论文谈到,利用互联网不仅可以传播民族主义,还可以用来操纵民族主义的政治传播。正如该论文所暗示的那样,互联网作为平台的想法已经改变了沟通发生的方式,正如他的论文标题所暗示的那样,该论文以新的方式看待政治沟通和民族主义。正如本文所暗示的那样,中国正在利用互联网来动员国内的反日民族主义者。这是通信进化的一个非常重要的方面。互联网是一个论坛,它已经发展了人们现在如何成为整个通信过程的一部分的背景。通信总是随着时代的变化而发展,但互联网可能提供了人类文明所接受的最重要的平台形式。互联网的理念消除了政治沟通的精英主义障碍。这反过来又为横向声音创造了空间,当通过传统方式进行沟通时,这些声音通常是听不到的。**Sriram Mohan** 的论文《*定位互联网印度教*》提出了这一观点。当本文进入结论部分时,反思这一点非常重要。人们可以提出自己观点的独立空间不仅对于更广泛层面上发生的民族运动来说是非常重要的背景。那些

声音被边缘化的人的身份在数字空间的分裂中找到了强烈的意见。正如上面提到的论文的例子，激进的印度教徒可以传播他们的意识形态，或者至少可以为在主流社会中被边缘化的思想提供体现。互联网不仅为新型民族主义创造了空间，而且还扰乱了民族主义理念中派系的出现方式。在全球化的世界中，不同的侨民正在发展他们的沟通理念和民族主义。正如布伦达·陈（Brenda Chan）在《*想象家园：互联网与民族主义流散话语*》一文中所写的那样，在互联网的世界里，尽管你远离了你的核心民族主义中心，但你仍然可以表达你的观点，以及尽管被反对而可能出现的观点。与根断绝。因此，民族主义和传播的理念是从重要观点和声音的同一性理念演变而来的。正是这种对事物的期待方式决定了民族主义前进的整个理念。与民族主义整个理念相关的论点可能是一个非常不同的结构，但是这里的讨论点仅限于民族主义的演变形式及其与新兴互联网平台的沟通方面。其他形式如何引发整个审议辩论，为互联网空间作为通信平台的结案辩论提供了依据。**彼得·达尔格伦**（Peter Dahlgren）的论文将互联网作为一种非常新的现象引入公共空间这一主题。这篇论文的想法在这方面非常有趣，因为承认互联网作为一个新平台是论文的重点。然而，最有趣的方面是总结了本文的整个思想。它准确地理解了包括民族主义在内的政治传播如何从边缘主义的角度进入背景。它是本文关于不断发展的传播视角的中心焦点。

已知的未知：21 世纪地缘政治中没有亚洲的世界

自第二次世界大战后以来，美国政府一直掌管着以其政策主导的世界秩序。尽管在一段时间内，美国和苏联之间存在着激烈的竞争。直到 1990 年代苏联解体之前，由这两个大国主导的世界及其对世界各地的不断干预一直塑造着世界。随后，世界政治和政策制定进入了另一个阶段，但大多数时候只有美国。

现实主义、新现实主义或自由主义学派理论驱动的世界政治理念最终都有实用主义驱动政策。地缘政治与社会和行政单位可能反映的需求有很强的关系。冷战结束以来，美国在世界各地卷入不止一场冲突。如果说美国在战后阶段表现得强势，那么美国在冷战后阶段的干预也有所增加。在传统时代的不确定时期，即现在被称为波动、不确定、复杂、模糊的世界，美国政策制定的动态可能适应缓慢。全球化已经开始以与它开始时完全相同的方式影响世界政治。

西方世界的重商主义者就是这样扬帆前往世界其他地方的。就目前而言，自冷战结束以来，随着权力和金钱撤离西方世界，这一趋势正在发生逆转。作为民事政策、外交政策干预以及西方列强的霸权倾向，这一点值得考虑。必须记住，美国的统治之路是建立在对世界的解释之上的。这将给我们带来道德问题。一个关于了解世界的问题，在文化和地理邻近性方面可能与美国没有任何关系。美国外交政策的影响仍然不容忽视。它自上个世纪以来就一直存在，随着整个世界已经乘上了全球化的浪潮，仍然存在一个可以平衡的问题。在全球政治领域，强者仍然掠夺弱者的道德问题。此外，由于过去二十年形成的全球化，还存在一个大问题。因此，关于一个行为能够产生什么样的影响的道德问题常常被超越或被故意遗忘。2003 年伊拉克战争期间引发的灾难是历史上不可忽视的决定之一。这一决定至今仍在影响着现代地缘政治。但如果看看涉及的人，就会产生疑问。

这些问题将决定承担这项任务的当权者是否能够对其所采取的行动负责。就责任而言，我们的想法是理解像唐纳德·拉姆斯菲尔德这样的人，他是两任美国总统手下最年轻和最年长的国防部长之一，在他的两任任期内经历了很多变化。扫描仪中的这一内容是基于他在小乔治·W·布什领导下担任国防部长的角色，这一直是争论的焦点，并且在纪录片《未知的已知》中也根据他对伊拉克问题的反应发表的一项臭名昭著的言论进行了报道。战争。美国干预伊拉克的想法已经引起了争论，因为当时美国已经介入了阿富汗。随之而来的问题是美国卷入对另一个国家的战争。士兵们被派去参加积极的战斗，其目的既不明确也不被理解。本文试图了解他作为布什总统（拉姆斯菲尔德）的主要顾问之一的决策问题。他的建议基于他的观点，可以说是为了对付想象中的敌人，即伊拉克政权及其现任独裁总统萨达姆·侯赛因。然而，基于干预问题的审慎和道德问题却始终没有得到贯彻。萨达姆·侯赛因也难辞其咎。他不合作，这将使西方基于他的不合作态度而发出的信息被用来为美军干预提供理由。伊拉克政权的垮台来得晚得多，这不能因为美军占领伊拉克期间制造的恐怖事件而被忽视。此外，关塔那摩湾战俘遭受的酷刑也震惊了世界。现在提到的这些伦理问题，即使暂时搁置，至少也要问一下合理性。这位国防部长没有考虑到干预伊拉克的后果，也没有考虑到推翻一个毫无疑问是独裁政权但不知何故拥有脆弱民族国家的政权的后果。基于萨达姆政权制造大规模杀伤性武器的非确凿证据而推翻萨达姆政权，使国家、地区和世界处于危险之中。萨达姆政权垮台后，威胁的加剧今天是全世界有目共睹的。比基地组织更危险、更极端的恐怖组织"伊斯兰国"已经出现。很明显，问题出现了，像唐纳德·拉姆斯菲尔德这样的人所指导的道德立场是什么样的。因此，需要考虑大国及其推动者的整体责任递减。这些都是纪录片中提出的问题。

在关注唐纳德·拉姆斯菲尔德的同时，我们不能忘记当时美国的政治局势。双子塔的倒塌象征着被媒体和美国人民视为世界上最伟大国家的美国自豪感的倒塌。一股外来力量召唤着曾伤害美国的宗教教条主义，这无疑创造了一种人们无法想象的政治场景。首次就任总统的小布什面临着巨大的压力，美国政坛已经给出了答案。从美国国会参议院大厅到媒体辩论乃至总统府，对阿拉伯世界发动战争的呼声很大。萨达姆·侯赛因此前曾在1990年代的海湾战争中成为攻击目标，实力被削弱到足以保住自己的权力，但他对科威特的无端攻击却受到了正确和适当的谴责。美国没有放过这个机会，提醒其盟友如果受到威胁也不会放过。在方法上保持了平衡，遵循了论文的主题，即在全球化时代保持实用主义的同时考虑伦理问题。然而，在拉姆斯菲尔德的领导下，虽然可能有点严厉，当时的语气也可能如此，但他并没有足够重视对美国所拥有的大国地位的考虑。没有考虑到美国的欺凌力量会造成不稳定和人员伤亡。最重要的是，一旦美国除掉萨达姆·侯赛因，将会出现什么样的长期可怕情景。伪装成民族自豪感和国内人民安全问题的保守和偏执观点也造成了太多美国人的生命。与此相关的是，美国甚至在卷入2003年伊拉克战争之前，就在过去十年之初对越南战争和利比亚危机做了同样的事情。因此，在干预伊拉克问题以及如何处理局势方面，布什总统及其主要顾问的责任绝对可以归咎于拉姆斯菲尔德。但这并不能改变这样一个事实：像他这样有过担任如此重要职位经验的人，需要更加理性，更加外交化。缺乏机智和处理事情的方式，还有在公共论坛上发表的傲慢言论，使他成为一个分裂的人物。肯定会错过做出将在未来几年影响世界的决策所需的政策制定和冷静方法。拉姆斯菲尔德领导下的这种谬论的代价甚至对美国也产生了很大影响。

这部纪录片的重点是理解唐纳德·拉姆斯菲尔德这个角色以及这个人的行为方式。尽管每当问题涉及到前面提到的对唐纳德·拉姆斯菲尔德的性格的理解时，就需要再次考虑当时的政治局势。这篇文章需要理解这个人的想法、驱动他想法的因素以及思维过程。这将使人们更容易理解他所采取的政策。因此，2003 年伊拉克战争前后的政策认识过程正是西方忙于塑造形象的时期。从可怕的政权手中解放出来的人的形象。这是唐纳德·拉姆斯菲尔德制定政策的驱动点，也可以说是他采取的所有行动的驱动点。因此，拉姆斯菲尔德的政策指示问题和道德问题并不是唯一的问题。为了了解这个人，调查的过程涉及到他的部分道德和政策问题，这在幕后有很多事情。2003 年的美国距离反恐战争还不到两年。然而，问题仍然在于这场战斗的效果如何。纳税人的钱和投入阿富汗战争的所有资源并没有取得太多成果。美国防御机制的战略计划似乎效果不佳，尤其是因为主要目标是奥萨马·本·拉登。现在，在这一切之中，美国知道萨达姆·侯赛因与塔利班毫无关系，而且实际上非常反对塔利班，他可以成为完美的分散注意力的人。美国政府寻找重新构想和塑造公众舆论的新途径的分散注意力。这就是道德问题的整个观念一开始就动摇的原因。美军进军伊拉克政策的启动就是这样一个需要从阿富汗角度考虑的因素。长期以来的所有过程的积累形成了美国政府的政策圈。这是唐纳德·拉姆斯菲尔德和他的政策相关人物可以被研究的地方。时任美国总统小布什在新战争爆发后持何种心态。因此,需要讨论破译这个臭名昭著的"已知未知者"的人的想法。他第二次任期之前的情景以及他内心深处的焦虑和沮丧有助于阐明他的政策。

这是纪录片所关注的内容,但详细的理解需要来自他所处的时代。那已经完成了。现在他代表哪个政权。是的,是保守的共和党人。他们对代表美国的力量感到自豪,而这种权力方程式本身在国内和国外都长期受到质疑,这就是思维过程和自尊感的来源。对他的角色、位置和他需要做的责任的关注是不容忽视的。因此,正是对这些事情的关注,使得拉姆斯菲尔德的研究处于比我文章前一部分所暗示的更有利的位置。更多的是关于人的整体理解。他在个人层面和政府层级上参与了什么样的流程?这些问题的答案将使他有更好的认识,特别是因为这篇文章是关于回答与平衡相关的问题的。在指令之间保持平衡的方法可以使美国摆脱权力认同危机,同时也提供出路。这是本文中重复并提到的内容。这是文章的驱动点,也是回答与人物相关的问题。是什么促使这个人继续思考可能被认为是鲁莽的政策。此外,他引入的个性更加自信,想要通过消灭"其他人"来印上权威,这无疑引发了道德问题。然而,悖论在于,一场暴力事件引发了所有暴力政权的多米诺骨牌效应。即使十年后的今天，当美军仍然驻扎在阿富汗和伊拉克时，这个人是否知道他报名的目的是什么。以美国和北大西洋公约组织为首的西方列强把当时的世界推向了拉姆斯菲尔德等人所主导的方向。正如前面提到的，影响并不是主要关注的问题，因为我们的想法是恢复美国自豪感的平衡。因此，他所发表的言论或他参与制定的政策不能仅归咎于他。只需要从客观的角度来看，答案或许就在出发点的事件中。这就是反恐战争成为美国应战的总括答案。为骄傲和荣誉而战是他发起的，在民粹主义情绪中，他确实忽视了所需的机智和外交。这个想法可能是借鉴亨利·基辛格过去的道路。

这部纪录片的结论并没有做出任何夸张的主张，也没有提出自己的耸人听闻的观点。它坚持纪录片应该按照人们理解的方式制作。也就是说，它是线性的，并继续跟随一组启动的事件。这些信息在本文中得到了使用和扩展，以达到可以被认为是重要连接点但可能被遗漏的点。这就是为什么强调他搬迁之前的因素和导致这一情景的情况之间的集体理解一直是焦点。本文试图弥合政策制定、时代需求和形势要求之间的差距。有些因素需要被理解、具体化和剖析，特别是当伦理和道德问题被提出时。这就是需要如何思考那个时代的世界。本文对态度和向自信政策的转变进行了考虑。这样做是为了为道德问题和时间需求的讨论提供理由和意义。

"语言是民族主义的建构"

本文反思了语言的使用及其与民族主义的联系。什么构成了一种语言？它的含义如何成为一个国家身份认同的一个非常重要的方面？为什么对于将人们分组到社区中来说，对语言的亲和力很重要？这些是本文试图回答的几个问题

关键词：民族主义、身份、语言、社区、社会、亲和力、意识形态

克洛德·列维·施特劳斯在《野蛮心灵》一文中使用的语言作为一种建构，可以从意识形态的角度来看待。语言的理念以及词语的创造如何创造自己的世界是人类社会的伟大进化。社区及其对周围概念的理解很大程度上是从语言中孕育出来的。人类社会的发展与语言密切相关。意识形态和对语言的理解有助于构建意义，也给人一种共性和理解的感觉。正如 R. 威廉姆斯（R. Williams）所观察到的，"语言的定义总是或隐含或明确地是对世界上人类的定义"。语言的理念对创建一个社会制度具有影响力，比如民族国家、学校教育、性别等。与语言的概念及其使用相关的是我未来研究工作的一个领域。语言意识形态与文化、社会等方面有着非常密切的联系。现在转向它如何与我的工作相关的概念，这无疑是一个非常重要的构造。民族国家意识形态是我提出的研究工作的关键组成部分，它与语言有着历

史上的关系。语言的演变史与地缘政治以及从社区社会到民族国家范式的演变有着非常重要的联系。当然，一段时间的殖民统治改变了动态，并在很大程度上挑战了多语言社会。随着整个范式从殖民国家转变为后殖民国家，语言的身份经历了演进性的变化。

构建民族国家的整个理念都与语言有关。人们一直争论语言本身并不构成一个国家的意识形态。语言的概念一直与民族主义联系在一起。从历史上可以看出，它的情感在很长一段时间内都与民族观念联系在一起。（Anderson 1991）指出，极权政府总是不强制群众组织起来。作为运动的成功工具，团结的思想比群众的安排更重要。爱尔兰民族运动和孟加拉国的自由运动都具有巨大的语言含义。类似地，也可以给出加泰罗尼亚的其他例子。语言本身的概念源于它将人们联系在一起的事实。正如《野蛮心灵》一文中的观点本身所指出的那样，语言具有非常重要的意识形态。这对于基于国家品牌方面的工作至关重要。民族的观念与语言有着更深层次的联系并创造了身份。例子当然是欧洲民族国家，其身份与语言结构密切相关。从论文的阅读来看，这是对意识形态的理解，而不仅仅是术语。关于语言的观念受到关注，因为在《野蛮心灵》的作品中，语言的观念意味着其背后的观念和情感的概念。

这些词是有意义的，每一个意义都创造了一种意识形态，可以被属于一个社区的特定人群所理解。这种归属感可以转化为民族国家的概念；尽管不一定，因为它也可以是跨国性质的。意识形态和语言同时出现在文化研究的背景下，并在许多不同领域的使用中不断发展。然而，语言本身及其意识形态应用存在重大差异。我希望从事国家品牌工作，其中语言的构造及其隐含意义与演讲者的意识形态吸引力有很大关系。然而，如果我们以孟加拉语为例，其意识形态的使用在西孟加拉邦和孟加拉国的语境应用中存在很大差异。孟加拉东部和西部围绕语言的斗争的纯粹利用赋予了语言截然不同的身份。当时的东巴基斯坦（今天的孟加拉国）的整个独立概念和自治要求都是围绕孟加拉语构建的。印度联邦孟加拉西部的情况并非如此。语言意识形态有不同的方法，其中最重要的是民族志背景。马林诺夫斯基在特罗布里恩岛的研究工作后被认为是民族志之父，也强调了语言作为民族志概念的重要性。(Mannheim 2004) 也给出了同样的观察，即语言也创造了一种非常不同的文化概念，正如他在秘鲁的研究工作中观察到的那样。

我的作品致力于研究与使用语言作为公民身份或归属感的主要身份相关的概念。然而如前所述，语言本身并没有构建民族主义观念的意义。印度本身就是语言没有共同特征来构建国家认同的最好例子之一。然而，尽管如此，印度作为一个国家的认同已经超越了一个国家的意识形态障碍。将语言的整体观念视为构建共同民族的意识形态实体，那么印度将成为一个奇怪的例子，不同的语言在同一地理区域蓬勃发展。南亚本身已经根据语言理念创建了两个民族国家，其中也包括巴基斯坦，尽管这可能听起来有偏见。孟加拉国的例子之前已经提到过。即使在我们的其他邻国，如尼泊尔和不丹，也有其独特的文化特征，这与他们的语言作为重要的社会结构有联系吗？语言作为一种社会学、意识形态的建构，可能有相似或不同的方面。艾莉莎·艾尔斯（Alyssa Ayres）在**《像一个国家一样说话：巴基斯坦的语言和民族主义》**一书中讨论了巴基斯坦的案例。当今世界还残留着民族主义的痕迹。本尼迪克特·安德森（Benedict Anderson, 1991）指出，"如果没有采用标准化书面语言的文本，国家就无法建立"。安德森可能认为民族语言可以随时作为政治工具使用。卡穆塞拉在书中描绘了曾经是苏联单一领土一部分的中欧国家的独特例子。

然而，苏联解体后，出现了 15 个不同的国家，它们都有各自不同的民族和民族。匈牙利与奥地利分离的情况下马扎尔民族主义的例子在这里可能很恰当。哈布斯堡王朝以来的奥匈帝国在语言观念上就解体了。现在，波兰或捷克斯洛伐克的德国人根据他们的语言（而不是种族）进一步扩展了这一概念，这给了希特勒机会要求"生存空间"，并寻求将这些领土吞并为伟大的德意志帝国的一部分。语言在印度本身也发挥着非常重要的作用，这一点最初就受到了影响。然而，如果我们寻找最近的例子，特伦甘纳邦是印度在持续斗争时期创建的最新一个邦,其语言也处于其创建的中心。然而,在不偏离主题的情况下,有一个与之相关的政治角度进行构建。继续民族主义的例子以及它与语言的紧密联系,我们可以参考南斯拉夫的例子。该国有一个统一的框架,不同种族的人民团结在一起。然而,民族主义态度的出现是随着民族身份的实现而出现的。然而,关于不同种族的最强烈的问题是什么赋予了不同的身份。以南斯拉夫为例,这是他们单独的语言。塞尔维亚人、克罗地亚人甚至波斯尼亚人不仅来自不同的种族,而且拥有自己的语言来争取自己的身份。这就是语言身份作为走向民族主义的意识形态步骤的政治背景发挥作用的地方。为建立自己的独立领土而进行的斗争不仅因为他们的种族,而且还因为语言的共同性。这是一个非常重要的标准,现在问题是为什么?民族主义的兴起与口语有着非常重要的联系。言辞或口语可以灌输民族主义情绪。因此,口语和语言的使用对于民族主义角度来说非常重要。

然而,它可能并不适用于所有情况,因为规则的例外总是存在。以语言线为基础构建印度的想法是一种安排。它牢记构成印度概念的不同语言和不同种族的独特身份。结果是对次民族主义理念和语言本身积累的妥协。印度是历史上独一无二的国家之一,它随着自身的演变积累了语言并将其吸收到社会中。这是最重要的例外之一,在一个地理实体中,不同语言及其自身意识形态结构的差异已被吸收。印度作为单个国家的统治范围内的次民族主义思想已经在这里积累起来。语言在社会学部分的构建中发挥了重要作用。如前所述，布加尔斯基在其论文**《南斯拉夫的语言、民族主义与战争》**中提到了分离主义的概念，就已经强调了语言这一概念是创建民族国家的有力工具。写作的下一部分是关于作者在一段时间内如何概念化语言的。

基思·沃尔特斯（Keith Walters）在**《突尼斯的法语性别：语言意识形态和民族主义》**一书中提到，语言作为一种意识形态是接受不断发展的社会的一种方式。北非阿拉伯语被法语取代的例子提供了帝国主义不仅在经济上而且在社会文化上的例子。根据具体情况，它可能会或可能不会在社交纤维中自然进展。法兰西帝国已成功地将其语言纳入其所有殖民地的官方通用语言。同样，大英帝国在其殖民地也成功地整合了尼古拉斯·克洛斯提到的语言。尽管正如所讨论的，印度是其殖民遗产中的主要例外之一，在一段时间内，尽管它保留了自己的通用语言，但英语已经积累为官方语言。现在这本身就说明了很多关于身份方面和民族主义的问题。上面的文章已经详细讨论了语言是一种想法。这个想法本身构建了民族主义情感，而语言在社会中定义民族主义情感的方式一直是焦点。我试图在我的写作中反映这一点：语言是可以团结群众的离心点。然而要点并不限于此。主要重点是使用语言作为文化方面来定义思想、情感和社会价值观。大多数与语言有关的民族主义都是建立在上述框架之上的。许多后殖民国家的语言也是统治的主要形式，作为一种优越形式强加给当地人。这个想法与理解语言本身如何定义一群人、民族、国家等的梦想有关。

随着从封建时期到殖民时期演变成后殖民国家的范式转变，语言及其意识形态理解的演变也发生了变化。现在，在文章的最后，我们大概可以推断出，语言的天赋已经成为人类社会单独进化的主要因素之一。文化、意识形态、亲和力和行为的演变与语言本身有着密切的联系。例如，在爱斯基摩文化中，有不同的词来定义"雪"这个词。同样，同一语言在不同地理区域的使用差异的发展也会导致同一语言范围内含义的差异。对于主宰世界的语言来说尤其如此，例如英语、法语和其他自帝国时代以来就主宰世界的欧洲语言。正如苏珊·汉密尔顿在《与弗朗西斯·鲍尔·科布一起创造历史》一文中提到的那样，语言本身具有进化的力量，它的叙述可以说出在社会一段时间内其实际含义发生变化的事情。人们如何看待它们或者某些词语的道德价值是什么。今天口语中使用的词语在实际构思时可能具有完全不同的方面，并在一段时间内改变了其含义。在不偏离主题太远的情况下，少数人使用的原始语言当它移动到该语言最初不来自的地方时，赋予了该语言一个新的身份。它加起来就是一个新的文化方面的文化方面。法裔加拿大人和法属非洲人、除了美国人和英属非洲人之外的阿拉伯世界、印度人对英语的使用都已将特定人群（最初是殖民者）所识别的语言纳入共同交流的生态系统中。（Blackledge 2002）很好地体现了这一点，他提到英国使用语言作为连接英语和母语的更有效形式。他们的文化帝国主义品牌就是这样发挥作用的。这是关于将语言作为一种民族身份的使用，融合了种族差异的变化。Santosh Kumar Mishra 和 Naveen Kumar Pathak 在《印度的英语语言教育：从帝国主义到非殖民化的旅程》一文中也提到了这一点，即原本外来的语言实际上如何帮助点燃了民族主义精神。尽管精英主义，但联系的共同语言使第一批印度人能够阅读和理解西方民主和民族国家的运作方式。必然地，它并没有激发侵略性民族主义品种的意识，而是激发有思想的个人。历史上，接受麦考利英语教育体系的印度人也感受到了欧洲民族主义的感觉。这证明，虽然不是语言的本来目的，但语言影响的进化效果却随着时间的推移而变化。

第 3 章参考资料

Aghion, P. 和 Bolton, P. (1997)。滴流增长和发展理论。经济研究评论，64(2)，第 151 页。

Bose, S. 和 Jalal, A. (2009)。民族主义、民主与发展。新德里：牛津大学。按。

博斯沃思，B. 和柯林斯，S.（2008）。增长的原因：中国和印度的比较。《经济展望杂志》，22(1)，第 45-66 页。

布拉斯，P.（2004）。印度语言政治中的精英利益、大众热情和社会权力。民族和种族研究，27(3)，第 353-375 页。

Demetriades, P. 和 Luintel, K.（1996）。金融发展、经济增长和银行业控制：来自印度的证据。《经济杂志》，106(435)，第 359 页。

费尔南德斯，L.（2004）。遗忘的政治：阶级政治、国家权力和印度城市空间的重组。城市研究，41(12)，第 2415-2430 页。

哈里什，R.（2010）。旅游品牌中的品牌架构：印度的前进之路。印度商业研究杂志。［在线］可在：

https://www.emerald.com/insight/content/doi/10.1108/17554191011069442/full/html ［2019 年 9 月 28 日访问］。

霍达巴赫什，A.（2011）。印度 GDP 与人类发展指数之间的关系。SSRN 电子期刊。

穆伊吉，J.（1998）。粮食政策和政治：印度公共分配系统的政治经济学。《农民研究杂志》，25(2)，第 77-101 页。

穆克吉，R.（2007）。印度的经济转型。新德里：牛津大学出版社。

蒂拉克，　　J.（2007）。印度的小学后教育、贫困与发展。国际教育发展杂志，27(4)，第 435-445 页。

瓦什尼，A.（2000）。印度正在变得更加民主吗？《亚洲研究杂志》，59(1)，第 3-25 页。

第 4 章参考文献

阿尔姆格伦 (Almgren)，R. 和斯科别列夫 (Skobelev)，D. (2020)。技术和技术治理的演变。*开放创新杂志：技术、市场和复杂性，* 6 (2)，22。

Barile, S.、Orecchini, F.、Saviano, M. 和 Farioli, F. (2018)。人员、技术和治理对可持续发展：系统和网络系统思维的贡献。*可持续发展科学，13，1197-1208*。

Bhattacharya, S. (2022)*在西孟加拉邦，种植红树林的雄心勃勃的努力收效有限，　Scroll.in*。网址：https://scroll.in/article/1032297/in-west-bengal-ambitious-efforts-to-plant-mangroves-yield-limited-results（访问日期：2023 年 6 月 10 日）。

布彻，J. 和贝里泽，I. (2019)。全球人工智能治理现状如何？*RUSI 杂志，164* (5-6)，88-96。

南查克拉博蒂*新城拥有一站式变废为宝商店：加尔各答新闻 - 印度时报，印度时报*。网址：

https://timesofindia.indiatimes.com/city/kolkata/new-town-gets-one-stop-waste-to-wealth-store/articleshow/78689888.cms（访问日期：2023 年 6 月 10 日）。

戴维斯（KE）、金斯伯里（B.）和梅里（SE）(2012)。指标作为全球治理的技术。*法律与社会评论, 46* (1), 71-104。

Dias Canedo, E.、Morais do Vale, AP、Patrão, RL、Camargo de Souza, L.、Machado Gravina, R.、Eloy dos Reis, V., ... & T. de Sousa Jr, R. (2020)。信息和通信技术（ICT）治理流程：案例研究。*信息, 11* (10), 462。

Finger, M. 和 Pécoud, G. (2003)。来自 e-政府对电子-治理？迈向电子模型-治理。*电子政务电子杂志, 1* (1), 第 52-62 页。

胡滕, M.（2019）。硬代码的软肋：区块链技术、网络治理和技术乌托邦主义的陷阱。*全球网络, 19* (3), 329-348。

Juiz, C.、Guerrero, C. 和 Lera, I. (2014)。在信息技术治理框架中实施公共部门的良好治理原则。*打开会计杂志*。

Karol Mohan, AT (2023) *理解班加罗尔混乱的城市发展数据，公民事务，班加罗尔*。网址：https://bengaluru.citizenmatters.in/making-sense-of-bengalurus-messy-urban-development-data-117710（访问日期：2023 年 6 月 11 日）。

Khalil, S. 和 Belitski, M. (2020)。信息技术治理框架下企业绩效的动态能力。*欧洲商业评论*, *32* (2), 129-157。

Kumar, M. (2022)*印度各邦污染控制委员会既没有足够的人员，也没有专业知识*, Scroll.in 。网址： https://scroll.in/article/1036752/state-pollution-controlboards-in-india-neither-have-enough-staff-nor-expertise （访问日期：2023 年 6 月 14 日）。

León, LFA 和 Rosen, J. (2020)。技术作为城市治理的意识形态。*美国地理学家协会年鉴*, *110* (2), 497-506。

米塔尔，P. 和考尔，A. (2013)。电子政务：印度面临的挑战。*国际计算机工程与技术高级研究杂志*, *2* (3)。

莫特，M.，芬奇，T.，和梅，C. (2009)。创造和取消远程患者：新卫生技术中的身份和治理。*科学、技术与人类价值观*, *34* (1), 9-33。

Mulligan, DK 和 Bamberger, KA (2018) 。节约设计治理。*加州法律评论*, *106* (3), 697-784。

Musso, J.、Weare, C. 和 Hale, M. (2000)。为地方治理改革设计网络技术：良好的管理还是良好的民主？*政治传播*, *17* (1), 1-19。

Prasher, G. (2023)*班加罗尔，我们有一个问题：这是我们的湖泊，班加罗尔之镜*。网址：https://bangaloremirror.indiatimes.com/bangalore/civic/bengaluru-we-have-a-problem-its-our-lakes/articleshow/97289067.cms（访问日期：2023 年 6 月 11 日）。

罗科，MC (2008)。融合技术全球治理的可能性。*纳米粒子研究杂志，10，11-29*。

萨赫德瓦，S.（2002）。印度的电子政务战略。*印度电子政务战略白皮书*。

Vidisha, S. (2023)*孟买贫民窟居民站起来反对阿达尼的重建计划，日经亚洲*。网址：https://asia.nikkei.com/Spotlight/Asia-Insight/Mumbai-slum-residents-stand-up-against-Adani-s-redevelopment-plan（访问日期：2023 年 6 月 12 日）。

Yadav, N. 和 Singh, VB (2013)。电子政务：印度的过去、现在和未来。*arXiv 预印本 arXiv:1308.3323*。

专家们集思广益，讨论改善德里空气质量的策略。网址：https://www.newindianexpress.com/cities/delhi/2023/may/16/experts-brainstorm-on-strategies-to-improve-air-quality-in-delhi-2575552.html（访问次数：12 2023 年 6 月）。

孟买的规划和发展如何让公民参与：孟买新闻 - 印度时报，印度时报。网址：https://m.timesofindia.com/city/mumbai/how-planning-and-development-of-mumbai-can-involve-citizens/articleshow/100691710.cms（访问日期：2023 年 6 月 11 日）。

西孟加拉邦政府在加尔各答推出配备空气净化器的公交车以对抗污染（2023）《印度斯坦时报》。网址：https://www.hindustantimes.com/cities/kolkata-news/west-bengal-govt-launches-buses-with-air-purifiers-in-kolkata-to-beat-pollution-101686042102914.html（已访问：2023 年 6 月 11 日）。

第 5 章参考文献

Albert Eleanor,（2019）取自 Thediplomat.com "俄罗斯、中国的邻里能源替代方案"

Altman A. Steven，2020 年，取自 Harvardbusinessreview.org："Covid19 会对全球化产生持久影响吗？

Birdsall、Campos M. Nancy、Edgardo L Kim Jose、Corden Chang-Shik、MacDonald W. Max、Pack Lawrence、Page Howard、Sabor John、Stiglitz Richard、E. Joseph (1993) 取自

Documents.worldbank.org "东方亚洲奇迹：经济增长与公共政策"

Bishara Marwan, （2020年）取自 Aljazeera.com, "谨防中东迫在眉睫的混乱"

Bogardus, E. (1927) 移民和种族态度。纽约：DC Heath 出版社。

Bose, S. 和 Jalal, A. (2009)。民族主义、民主与发展。新德里：牛津大学。按。

博斯沃思，B. 和柯林斯，S. (2008)。增长的原因：中国和印度的比较。《经济展望杂志》，22(1)，第 45-66 页。

布拉斯，P. (2004)。印度语言政治中的精英利益、大众热情和社会权力。民族和种族研究，27(3)，第 353-375 页。

卡拉汉，AW (2016)。中国的"亚洲梦"、"一带一路"倡议和地区新秩序。亚洲比较政治杂志 1(3), 226-243。

Chen Alicia, Molter Vanessa (2020), 访问自 fsi.stanford.edu "口罩外交：新冠时代的中国叙事"

吉隆坡郑 (2016)。关于中国"一带一路"倡议的三个问题 *中国经济评论 40, 309-313*

中国新外交及其对世界的影响。（2007）。《布朗世界事务杂志》，[在线] 14(1)，第 221-232 页。

Demetriades, P. 和 Luintel, K. (1996)。金融发展、经济增长和银行业控制：来自印度的证据。《经济杂志》, 106(435), 第 359 页。

Deepta Chopra – 南亚的发展和福利政策，2014 年。

Duara P., (2001) 取自 jstor.org "文明与泛亚主义的话语"

杜建和张勇 (2018)。"一带一路"倡议是否促进了中国海外直接投资？*中国经济评论 47, 189-205*。

范 Y. (2007)。软实力：吸引力还是混乱？*帕尔格雷夫·麦克米伦*，[在线] 4(2), 第 147-158 页。

费迪南德，P.（2016）。西进——中国梦与"一带一路"：习近平领导下的中国外交政策 *国际事务 92(4), 941-957*

Ghoshal Singh Antara，（2020 年）取自 Thehindu.com，"对峙和中国的印度政策困境"

GS Khurana，(2008) 从 tandfonline.com 获取"中国在印度洋的珍珠链及其安全影响"。

郭成、陆成、丹尼斯 DA 和杰林 Z. (2019)。"一带一路"战略对中国和欧亚大陆的影响。

希尔曼，J. (2018)。中国的"一带一路"漏洞百出。战略与国际研究中心。

黄 Y.（2016）。了解中国"一带一路"倡议：动机、框架和评估。中国经济评论 40, 314-321。

新墨西哥州伊斯兰（2019）。*丝绸之路到一带一路*。施普林格

Jain Ayush,（2020）取自 eurasiantimes.com "继加勒万之后，喜马偕尔邦可能成为印中边境争端的下一个重大问题"

金辰，T.（2016）。一带一路：连接中国与世界。*全球基础设施倡议网站。*

阿拉巴马州约翰斯顿（2019）。"一带一路"倡议：对中国有什么好处？*亚洲及太平洋政策研究 6(1), 40-58。*

梁 Y.（2020）。人民币国际化与一带一路融资：现代货币理论视角。*中国经济 53(4), 317-328。*

Lu, H, R. Charlene, R.、Hafner, M. 和 Knack, M.（2018）。中国一带一路倡议。*兰德欧洲。*

明浩，Z.（2016）。"一带一路"倡议对中欧关系的影响。*国际观众 51(4)。 109-118。*

Mishra Rahul,（2020）取自 Thediplomat.com "中国在南海的自伤"

米切尔，D.（2020）。区域的成败：中国的"一带一路"倡议及其对区域动态的意义。*地缘政治*

穆伊吉，J.（1998）。粮食政策和政治：印度公共分配系统的政治经济学。《农民研究杂志》，25(2)，第 77-101 页。

Narins, PT 和 Agnew, J. (2020)。地图上缺失的：中国例外论、主权政权和一带一路倡议。*地缘政治 25(4)*。

Nordin, HMA 和 Weissmann, M. (2018)。特朗普会让中国再次伟大吗？"一带一路"倡议与国际秩序。*国际事务*

拉马丹 (2018)。中国的"一带一路"倡议。*国际间：国际研究杂志*

Saha Premesha, (2020) 取自 orfonline.org "从'转向亚洲'到特朗普的 ARIA：是什么推动了美国当前的亚洲政策？"

施密特，J.（2008）。中国在东南亚的软实力外交。*哥本哈根亚洲研究杂志*，[在线] (26)，第 22-46 页。

Scobell, A.、Lin, B.、Howard, JS、Hanauer, L.、Johnson, M. 和 Michake, S. (2018)。"一带一路"初期：发展中国家的中国。*兰德公司*

沙里亚尔，S.（2019）。"一带一路"倡议：中国崛起将为世界带来什么亚洲*政治学杂志 27(1), 152-156*

Suri Navdeep 和 Taneja Kabir，（2020）取自 The Hindu.com："在大流行危机中架起了与西亚的桥梁"

Sylvia Martha，（2020）取自 Thediplomat.com "全球 5G 战争愈演愈烈"

Tan Ming Chee，（2015）取自 theasiadialog.com "基础设施投资与中国在东南亚的形象问题"

叶明（2020）。赌注之路及未来：中国国家动员的全球化。*剑桥大学出版社*

云岭，Z.（2015）。一带一路：中国的观点。*全球亚洲 10(3), 8-12。*

赵 S.（2020）。中国的"一带一路"倡议是习近平主席外交的签名：说起来容易做起来难。*当代中国杂志 29（123），319-335。*

第 6 章参考文献

阿德尔曼，H.（2002）。加拿大边境和移民局 9/11。*国际移民审查。36(1)、15-28。*

安德森，M.、阿尔卡拉斯·埃琳娜，M.、弗洛伊登斯坦，R.、吉拉登，V.（2000）。西方周围的墙：北美和欧洲的国家边界和移民控制。*罗曼和利特菲尔德。*

博姆斯，M.（2000）。移民与福利：挑战福利国家的边界。*劳特利奇。*

查孔，MJ（2006）。不安全的边界：移民限制、犯罪控制和国家安全。*康涅狄格州 I. reV。 39, 1827.*

克雷帕兹，MM（2008）。超越国界的信任：现代社会的移民、福利国家和身份。*密歇根大学出版社*

法辛，D.（2011）。治安边界，生产边界。黑暗时期的移民治理。人类学年度评论。 40、213-226。

阿拉巴马州弗洛雷斯 (2003)。构建修辞边界：苦工、非法外国人和相互竞争的移民叙事。*媒体传播批判研究。 20(4), 362-387。*

弗林，D.（2005）。新边界，新管理：现代移民政策的困境。*民族和种族研究 28(3), 463-490。*

海特，T.（2000）。开放边界：反对移民管制的案例。*移民和侨民研究, 17。*

雅各布森，D.（1996）。跨境权利：移民和公民身份的衰落。*布里尔。*

国王。N.（2016）。无国界：移民控制和抵抗的政治。*泽德图书有限公司*

拉哈夫，G.（2004）。新欧洲的移民和政治：重塑边界。*剑桥大学出版社。*

Maciel, D. 和 Herrera-Sobek, M. (1998)。跨境文化：墨西哥移民与流行文化。*亚利桑那大学出版社*

彼得斯·EM (2015)。全球化时代开放贸易、封闭边境移民。*世界警察。 67、114。*

威尔科克斯，S.（2009）。关于移民的开放边界辩论。*哲学指南针 4(5)。 813-821。*

威尔科克斯，S.（2015）。移民和边境。*布卢姆斯伯里与政治哲学的比较，183-197。*

第 7 章参考资料

A Smeulers、S Van Niekerk Abu Ghraib 和反恐战争——针对唐纳德·拉姆斯菲尔德的案件？犯罪、法律和社会变革，2009 年

戴森，BS "事情发生了"：唐纳德·拉姆斯菲尔德和伊拉克战争。外交政策分析，2009

Fischer-Lescano, A.阿布格莱布监狱的酷刑：根据德国违反国际法犯罪法对唐纳德·拉姆斯菲尔德提出的申诉。德国法律杂志，2005 年。

汉普顿，AJ，艾娜，B.，安德森，J。拉姆斯菲尔德效应：心理学杂志。 2012 年

洛根，CD -已知的已知、已知的未知、未知的未知和科学探究的传播。实验植物学杂志，2009。

莫里斯，E. 未知的已知。你不知道的事你不知道，Dogwoof，2000

Panagopoulos，C. *民意调查：* 公众舆论和国防部长唐纳德·拉姆斯菲尔德。总统研究季刊，2006

拉姆斯菲尔德，HD 改变军事外交事务，HeinOnline。 2002 年

拉姆斯菲尔德，D. 为自己辩护：我们为什么要攻击伊拉克？2002 年每日重要演讲

拉姆斯菲尔德，HD 一种新型战争。军事评论，2001

拉姆斯菲尔德，D. 2001 年四年一度国防审查的指导和职权范围。 2001 年

拉姆斯菲尔德，HD 一种新型战争。军事评论，2001

拉姆斯菲尔德，DH 向总统和国会提交的年度报告。 2003 年

拉姆斯菲尔德，唐纳德·H·拉姆斯菲尔德阁下的HD 声明。 2001 年

拉姆斯菲尔德，D. 自由伊拉克的核心原则。华尔街日报，2003 年

Ryan, M. "全谱统治"：唐纳德·拉姆斯菲尔德，国防部和美国非常规战争战略，2001-2008年。小战争与叛乱，2014年。

第 10 章参考文献

Alyssa Ayres (2009)，"像一个国家一样说话：巴基斯坦的语言和民族主义"，剑桥大学出版社。

安德森·本尼迪克特 (Anderson Benedict) (1983)，"想象的社区"，Verso，伦敦

Blackledge Adrian (2002)，"多语言英国国家身份的话语建构"，《语言、身份和教育杂志》，第 1 卷，第 67-87 页

Holobrow Marnie (2007)，"语言意识形态和新自由主义"，《语言与政治杂志》，第 6 卷，第 51-73 页

Kathryn A. Woolard 和 Bambi B. Schieeffelin (1994)，"语言意识形态"，人类学年度评论，第 23 卷，第 55-82 页

Ranko Bugarski (2001)，"南斯拉夫的语言、战争和民族主义"，国际语言社会学杂志，第 151 卷，第 69-87 页

Walters Keith（2011），"突尼斯的法语性别：语言意识形态和民族主义"，国际语言社会学杂志，2011 年卷，第 83 页

等待下一篇…………

www.ingramcontent.com/pod-product-compliance
Lightning Source LLC
LaVergne TN
LVHW041840070526
838199LV00045BA/1361